VON FALL ZU FALL

Monika Genzow

2023

Du darfst im Leben ruhig hinfallen

Du darfst aber niemals liegen bleiben

Chinesisches Sprichwort

Inhaltsverzeichnis

Hilfe in der Not   Seite   5 - 135

Begleitung   Seite 136 - 150

HILFE in der NOT

Montag, 10. Oktober

Goldener Oktober – für das letzte Wochenende und die kommenden zwei, drei Tage trifft das genau ins Schwarze. Ich sitze im Garten unter dem alten Süßkirschenbaum, den es vor beinahe zehn Jahren bei einem kurzen, aber heftigen Frühjahrssturm in zwei Hälften gespalten hat. Die eine Stammhälfte lag samt Geäst und reifen Kirschen quer vor den Zwergfichten und ermöglichte uns eine leichte Ernte. Inzwischen sind die Äste abgesägt und der Stamm, der den Enkeln als Balancier- und Turngerät diente, verrottet und abgetragen. Der zweite Teil des Baumes hält sich standhaft und hat sogar neue Austriebe bekommen. Die Kirschernte ist allerdings bescheiden. Einerseits sind sie nicht mehr so groß und saftig wie einst und andererseits sind die Stare zumeist schneller als wir.

Unter diesen Baum hat Robert für mich einen stabilen Plastikstuhl gestellt und Sitzkissen darauf gelegt, damit ich mich nicht verkühle und mir womöglich noch eine Blasenentzündung hole. Das wäre fatal, denn ich bin ohnehin lädiert. Um zu diesem Stuhl in die wärmende Oktobersonne zu kommen, hüpfe ich, auf zwei Krücken gestützt, unter Roberts fürsorglicher Begleitung auf einem Bein die zirka fünfzig Meter durch den grasbewachsenen Garten.

Ich darf den rechten Fuß nicht belasten, darf nur mit der Zehenspitze kurz antippen. Mit dem Rebound Air Walker, einem etwa drei Kilo schweren, stabilen Kunststoffstiefel am Bein ist das gar nicht so einfach.

Der Weg von der Haustür bis zum Stuhl wird zu einer echten Herausforderung. Und es dauert. Die Strecke, die ich normalerweise am Tag mehrfach in weniger als zwei Minuten zurücklege, scheint immer länger zu werden.

Es geht mal ab- und mal aufwärts - minimal - für das Auge kaum sichtbar, aber in meiner Armmuskulatur doch merklich spürbar. Ich komme mir wie ein Gewichtheber vor. Das ist gar nicht so falsch. Bei jedem Schritt – oder besser Hüpfer – stemme ich knapp siebzig Kilo (incl. Stiefel), um mich kaum zehn Zentimeter vom Boden zu lösen und den vorangestellten Krücken zu folgen.

Ich bin das nicht gewöhnt. Meine Arme neigen dazu, zur Seite wegzudrehen. Deshalb bin ich bisher auch keinen Schritt ohne Roberts Begleitung gegangen. Für ihn ist das auch nervenaufreibend, denn wenn ich tatsächlich strauchel, muss er schnell und hart zugreifen, bevor die Erdanziehung die Oberhand gewinnt.

Es geht alles gut. Nun sitze ich in der Sonne, stütze den gestiefelten Fuß auf die vor mir gekreuzten Gehhilfen und wärme meine müden

Glieder.

Eigentlich ist es schade um den schönen Nachmittag. Wir könnten in den Wald fahren und Pilze sammeln. Es soll viele geben in diesem Jahr. Unsere Nachbarn hatten am vorigen Wochenende in kaum einer halben Stunde einen Korb voller Maronen, Birkenpilzen und Rotkappen gesammelt. Auch etliche Steinpilze und sogar eine Krause Glucke waren dabei.

Wir könnten auch einen schönen Strandbummel in Dierhagen machen und Hühnergötter für meine Sammlung suchen. Die sind in diesem Jahr allerdings rar geworden, denn seit der Strand im Frühjahr aufgespült wurde, ist nur an vereinzelten Stellen neues Geröll angelandet.

Wir könnten aber auch zum späten Nachmittag nach Zingst fahren und den imposanten Einflug der Kraniche verfolgen, die jetzt zu Hunderten im Flachwasser zwischenlanden, bevor sie in den Tagen darauf den weiten Weg nach Afrika antreten.

Wir könnten..., wir könnten...

Aber ich will nicht undankbar sein. Es ist auch in unserem Garten schön in der Herbstsonne. Das Laub an den Bäumen beginnt, sich zu färben, die Herbstastern und Fetthennen leuchten in der Sonne. Die Heide blüht und selbst die Nacht- und Königskerzen haben noch einmal leuchtend gelbe Blüten getrieben. Der wilde Wein an der Südwestseite des Hauses rankt, eng verschlungen mit dem Efeu, bis zum Giebel und hat auch schon das Dach in Beschlag genommen. Seine Blätter leuchten in einem kräftigen Pink. Der Efeu ist mit seinen unzähligen Blütenständen ein Paradies für Bienen, Wespen, Hornissen und andere geflügelte Kleinlebewesen.

Nein, ich kann nicht klagen. Ein sonniger Oktobertag ist auch in unserem Garten sehr schön.

Außerdem trage ich ja selbst Schuld an der Misere, das Haus, respektive Grundstück, hüten zu müssen. Und Robert ist der Leid-tragende. Er ist jetzt Hausmann, Kranken-pfleger, Koch und Chauffeur und hat oben-drein noch seine eigenen Verpflichtungen.

Wie konnte es nur dazu kommen?

Es ist **Freitag** – nein, nicht der 13., sondern der **23. September**.

Die beiden letzten Tage waren nicht durchweg sonnig, aber trocken. Gutes Wetter zum Waschen. Die schmutzige Wäsche stammt noch aus dem Urlaub in der Eifel, aus dem wir Anfang der Woche zurück gekehrt sind. Zwei Waschmaschinen voll sind schon luftge-trocknet. Heute kommt der Rest dran. Das hat noch keine Eile.

Erst einmal wird in aller Ruhe gefrühstückt. Ein halbes Brötchen mit Wurst, ein halbes mit Honig. Dazu eine Tasse Kaffee aus der Höllenmaschine und eine frische Kiwi.

Die Kaffeemaschine ist eine Errungenschaft von Tchibo zum Sonderpreis. Wir haben sie bei unserer Tochter Tina in Lommatzsch kennen gelernt. Die Bohnen werden frisch gemahlen und dann mit kochendem Wasser überbrüht. Dabei macht das Mahlwerk der Maschine einen Heidenlärm. Ich wäre beinahe vom Stuhl gefallen, als ich es das erste Mal hörte. Ich saß mit dem Rücken zur Maschine und war überhaupt nicht darauf gefasst. Aber der Kaffee schmeckt gut - besser als aus unserer alten Kaffeemaschine mit der Glaskanne und der Warmhalteplatte.

Nach dem Frühstück begeben wir uns auf den alltäglichen Morgenspaziergang. Die einzige Straße, die wir fußläufig erreichen können, verbindet die beiden Ortsteile Kloster und Bartelshagen miteinander. Wir gehen zügig die eineinhalb Kilometer, mal in die eine Richtung und am nächsten Tag in die andere. Das haben wir immer mit unserem Hund Nico gemacht, als er noch lebte. Zu seiner Erinnerung und zu unserer Ertüchtigung haben wir diese Gewohnheit beibehalten.

Das forsche Gehen tut uns gut. Es bringt den Kreislauf in Schwung und die Gelenke auf Vordermann.

Nur wenige Pkw rasen an uns vorbei. Die meisten Autofahrer, die morgens zur Arbeit fahren, kennen uns schon, verlangsamen das Tempo und winken uns zu. Das ist auch so ziemlich der einzige Kontakt, den wir ins Dorf haben.

Unsere Freunde und Bekannten wohnen in Rostock, Ribnitz, Stralsund oder weiter entfernt in anderen Bundesländern.

Der Morgenspaziergang endet, wie zumeist, mit einem Rundgang durch unseren Garten. Dazu müssen wir die Schuhe wechseln, denn das Gras, das unser gesamtes Anwesen bedeckt, ist noch nass.

Auch im Sommer, wenn es tagelang nicht geregnet hat, ist das Gras feucht vom Tau, den die hohe Luftfeuchtigkeit der nahe liegenden Ostsee bewirkt. So vermuten wir jedenfalls. Das hat den Vorteil, dass das Gras und die Blumenrabatten länger frisch und grün bleiben. Es heißt aber auch, dass Robert öfter Rasen mähen muss.

Wie gewohnt, tauschen wir auch an diesem Morgen unsere Straßenschuhe gegen Gummistiefel und treten den Gartenrundgang an. Wir inspizieren die Büsche und Bäume, erfreuen uns an dem Blütenreichtum der Sommerheide, der Hortensien und des Oleanders.

Wir stellen mit Bedauern fest, dass schon jede

Menge Äpfel von unserem Wunderbaum gefallen sind und Robert fürchtet, dass er noch ein Dutzend Mal das Fallobst aufsammeln bzw. entsorgen muss, damit die Fahrt mit dem Rasenmäher um den Baum herum ungehindert vonstatten gehen kann.

Der Apfelbaum hat schon mehr als fünfzig Lenze gesehen, aber er blüht in jedem Jahr üppig und trägt mehr Äpfel, als wir und alle unsere Freunde bis zum Frühjahr verzehren können. So lange halten sie sich nämlich bei kühler Lagerung.

An unserem Sitzplatz unter der von lachsfarbenen Blüten übersäten, wuchernden Jasmintrompete machen wir eine kleine Pause, sitzen in der Sonne und streicheln den Kater, der, wie auch immer, spitz gekriegt hat, dass und wann wir dort Halt machen. Er kommt im Laufschritt über die Wiese gerannt und springt neben uns auf die Bank.

Nachdem wir die Aufgaben für den heutigen Tag besprochen haben, endet die Gartenrunde, wie immer, auf getrennten Wegen.

Während Robert zielstrebig ins Haus und an den PC eilt, der Kater in den Grasbüscheln am Maschendrahtzaun auf die erste Maus lauert, erfreue ich mich noch einmal an den Blumenrabatten, entferne das eine oder andere Unkraut, gieße die besonders bedürftigen Blumentöpfe und begebe mich dann an die Hausarbeit.

Die Waschmaschine wartet schon. Die wenigen, noch verbliebenen Wäschestücke füllen die Trommel nicht aus. Da fällt mir ein, dass in unserer Sommerdusche noch zwei Badetücher hängen, die auch eine Wäsche vertragen könnten.

Die Sommerdusche befindet sich etwa zwanzig Meter vom Haus entfernt in der ehemaligen Futterküche. Unsere Vorbesitzer waren

Neubauern und hielten Vieh. Schon vor Jahren haben wir das Häuschen umgebaut und erst als Sommersauna und später, als der alte Zeltofen, mit dem wir sie beheizt hatten, den Geist aufgegeben hatte, mittels Kohlebadeofen als Dusche genutzt.

Inzwischen ist auch der Kohlebadeofen passé. Unser Sohn Jens hat ein Solarpaneel auf der Sonnenseite des Daches angebracht und die entsprechende Technik installiert. Nun können wir, sobald die Sonne hoch genug steht, draußen duschen.

Ich schlüpfe schnell noch einmal in meine Gummistiefel und laufe hinüber, um die beiden Badetücher zu holen. Ich klemme mir die Badetücher unter den Arm und will zurück spurten, als mir, schon im Türrahmen stehend, der rechte Fuß auf der, noch immer feuchten, Gummimatte wegrutscht und ich mit meinem vollen Gewicht auf dem verdrehten rechten Fuß lande.

Mein Schmerzensschrei ist eher ein tierisches Gebrüll, denn der Schmerz jagt den ganzen Körper hoch. Ich weiß sofort, dass etwas gebrochen ist, denn ich hörte ein zweimaliges Knacksen. Danach setzte wohl die Schockwirkung ein.

Es gelingt mir, auf dem Allerwertesten aus der Tür heraus bis zur Ecke des Häuschens zu rutschen, ohne den Fuß groß zu bewegen. Dort sitze ich dann auf dem kalten Stein zwischen der mit Geißblatt berankten Hausecke und dem kleinen Bassin mit dem Mini-Springbrunnen, in dem sich die Frösche, Kröten und Schlangen so wohl fühlen.

Ich rufe lautstark nach Robert, wohl wissend, dass er vor dem Computer sitzt und wahrscheinlich nichts hört. Deshalb wiederhole ich den Ruf laut und anhaltend in kurzer Folge bis mir die Puste ausgeht. Auf dem kalten Stein ist es a-kalt. Deshalb schiebe ich mir die beiden Badetücher unter den Po, so gut es geht. Dann nehme ich mein Rufen wieder auf.

"Robert, Roobert, Hu, Hu, Hu, Rooobeert!"
Es tut sich nichts.

Nach etwa zwanzig Minuten erscheint unsere Nachbarin von gegenüber am Wohnhaus und ruft fragend nach mir. Mit Entsetzen sieht sie mich am Teich liegen. Nun kommt die Sache ins Rollen. Ich erkläre kurz, was passiert ist. Sie holt Robert vom PC weg und führt ihn an den Ort des Geschehens. Er sieht mich wie ein Häufchen Unglück dort liegen und grinst.

„Was machst Du denn da?", fragt er vorwurfsvoll. Ich erkläre ein zweites Mal den Hergang, während die Nachbarin darauf besteht, unverzüglich den Rettungsdienst anzurufen.

Während wir auf das Eintreffen der Sanitäter warten, erklärt sie, dass ich ihr Kommen ausschließlich ihren Hunden, insbesondere ihrer Jagdhündin, zu verdanken hätte. Die sei im Zimmer immer wieder zum Fenster gelaufen und zurück zu ihr und das wiederholt und um Aufmerksamkeit heischend. Die Nachbarin habe daraufhin aufgehorcht und aus der Ferne wiederholtes Rufen vernommen. Dem sei sie glücklicherweise nachgegangen und habe mich so gefunden. Ich bin ihr und vor allem ihrer Hündin außerordentlich dankbar, denn meine Stimme versagt allmählich.

Inzwischen ist die SMH eingetroffen und zwei junge Sanitäter kommen, sich das Dilemma anzusehen. Es gelingt ihnen, mir vorsichtig den Stiefel von dem verwinkelten Fuß zu ziehen. Dann beratschlagen sie, wie sie mich wohl am besten transportieren könnten und entscheiden sich für ein Tragetuch. Das fällt ihnen nicht leicht, denn einer der Sanitäter hat „Rücken", wie ich der Debatte entnehme. Letztlich gelingt es mit vereinten Kräften, mich auf die Trage zu hieven und bis zum Rettungswagen, der in der Hofeinfahrt steht, zu befördern. Ich fühle mich wie ein Pascha auf einer Sänfte, während die beiden Träger sich um mehrere Ecken und Engpässe kämpfen.

Unser Grundstück ist für Krankentransporte nicht sonderlich geeignet.

Robert hat währenddessen die Krankenversicherungskarte geholt und den Gummistiefel des gesunden Beines gegen einen warmen, gefütterten Hausschuh getauscht, weil ich immer schnell kalte Füße bekomme.

Dabei kann ich von Glück reden, dass ich überhaupt diese Gummistiefel angezogen hatte, obwohl sie mir eigentlich eine Nummer zu groß sind. Ich habe noch ein Paar hübsche blaue, knöchellange Gummistiefel mit bunten Blüten in meiner Größe. In die komme ich aber nicht ohne Schuhanzieher hinein und noch schwerer wieder heraus. Da hätte wohl nur Aufschneiden geholfen.

Am Krankenwagen angekommen, laden mich die Sanitäter auf eine stabile, fahrbare Trage um und schieben mich in den Wagen. Routiniert gehen jetzt beide ans Werk. Während der eine meine Personalien aufnimmt, mich zu bisherigen Krankheiten und Krankenhausaufenthalten sowie zur Medikamenteneinnahme befragt, misst der andere den Blutdruck, legt einen Port in die rechte Armbeuge, entnimmt drei Röhrchen Blut und verpasst mir eine Betäubungsspritze, die die allmählich einsetzenden Schmerzen in Grenzen halten soll. Anschließend werde ich an drei Stellen festgeschnallt und an einen Schmerztropf gehängt.

Der Motor springt an und der neben mir verbleibende Sanitäter warnt mich vor der Ruckeltour, die uns jetzt bevorstünde.

Ich weiß, was er meint. Unsere Straße war früher mal ein Feldweg. Vor vielen Jahren wurde er mit grobem Schotter und Bauschutt befestigt. Kein Mensch ahnte damals, dass hier einmal täglich Pkw, große Fahrzeuge der Müllabfuhr, das Postauto und einige Lieferdienste ihre Spuren hinterlassen würden.

Ich kenne jedes einzelne Loch auf diesem knapp hundert Meter langen Weg und sammle allmorgendlich mit Robert die Glasscherben und -splitter ein, die über Nacht zutage treten. Um die größeren Löcher zu umgehen, fahren die Pkw ganz dicht an der Grasnarbe entlang, die den Weg zur Hälfte säumt und von dem rechts- und linksseitigen Acker abgrenzt, der die Häuser mit den Nummern 1 und 2 von den Grundstücken 7 und 8 trennt.

Die vormals bebauten Grundstücke dazwischen gibt es schon seit mehr als fünfzig Jahren nicht mehr, aber sie sind immer noch so im Liegenschaftskataster eingetragen.

Das größte Loch im Staudenweg, wie unsere Straße heißt, seit wir der Stadt Marlow angegliedert wurden, befindet sich gleich hinter der Einfahrt zu unserem Weg. Es reicht vom Findling auf der linken Seite bis zur Ligusterhecke gegenüber und ist mindestens fünfzehn Zentimeter tief. Wenn es tagelang geregnet hat, bildet sich dort ein See und es empfiehlt sich, Gummistiefel zu tragen, um trockenen Fußes auf die asphaltierte Verbindungsstraße zu kommen, auf der wir unseren Morgenspaziergang machen.

„Wir haben es gleich geschafft", sagt der nette Sanitäter neben mir und prüft noch einmal die Gurte.

„Das hatte ich ja auch noch nicht, eine Fahrt im Krankenwagen", denke ich, während wir von Loch zu Loch und schließlich mit einem kleinen Hopser auf die Straße rollen.

Aber das stimmt nicht. Ich bin schon zweimal mit einem Sanitätswagen in eine Klinik befördert worden. Das erste Mal in Berlin, als die Wehen einsetzten. Wir wohnten damals in Berlin-Grünau und das für mich zuständige Krankenhaus befand sich im benachbarten Stadtteil Köpenick.

Weil Robert auf Rügen seinen Dienst tat, die zu meiner Betreuung eingesetzte Mutter meiner Schwiegermutter ob des bevor-stehenden Ereignisses völlig aufgelöst und kopflos war, ging ich selber zum Münztelefon an der Ecke und rief im Krankenhaus an. Sie sagten, sie schickten jemand vorbei.

Aber die Entbindungsstation war voll belegt. So fuhr der Saniwagen mit mir durch halb Berlin und landete schließlich in der Charitè, was sich als Glücksfall erwies, denn unsere Tochter war eine Zangengeburt.

Auch die zweite Fahrt mit dem Krankenwagen

war eine Fahrt zur Entbindungsstation. Diesmal ging es von der Spitze der Insel Rügen nach Saßnitz. Das war im Winter 1968, als alles tief verschneit war und die Schneewehen die Straße von Altenkirchen bis Glowe in eine Ruckelpiste verwandelt hatten. Der Sanitäter, der zugleich der Kraftfahrer war, kam mit etlicher Verzögerung im Ort an, lud mich schnellstens auf die Bahre und fuhr los. Nach jedem zehnten Kilometer hielt er an, kam zu mir nach hinten und fragte:

„Geht´s noch?"

Ja, es ging. Wir erreichten das Krankenhaus in Saßnitz eine knappe halbe Stunde vor der Geburt unseres Sohnes.

Während dieser Überlegungen haben wir die asphaltierte Straße erreicht. Nun geht es zügig, aber ohne Tatü, Tata nach Ribnitz in die Notaufnahme des Krankenhauses. Hier werde ich dem kundigen Personal übergeben mit den entsprechenden Hinweisen des Sanitäters zum Unfallhergang, meinem Gesamtzustand und den bereits eingeleiteten Maßnahmen.

Noch immer halten sich meine Schmerzen in Grenzen. Das soll sich aber gleich ändern. Nachdem ich erneut den Unfallhergang geschildert, tausend Fragen zu meinem Gesundheitszustand, bisherigen Operationen und eventuellen allergischen Reaktionen sowie zur Medikamenteneinnahme beantwortet habe, werde ich der Röntgenabteilung übergeben. Um ein detailliertes Bild von meiner Ver-letzung zu erhalten, muss der Fuß zunächst in eine fotogene Position gebracht werden. Das tut höllisch weh. Ich verkneife mir, zu brüllen und stöhne nur laut. Ich sage mir - es ist gleich vorbei.

Nach drei Aufnahmen werde ich wieder vom Röntgentisch auf die fahrbare Trage gebettet. Kurze Zeit später erklärt mir der Notarzt, dass ich eine trimalleoläre Sprunggelenksluxationsfraktur habe. Ich verstehe kein Wort. Lediglich „Tri" und „Fraktur" bedeuten mir etwas. Das soll wohl heißen, dass ich einen dreifachen Knöchelbruch habe der, heute noch operiert werden müsse.

Es ist Freitag Vormittag. Ich habe zeitig gefrühstückt. Einer OP steht also nichts im Wege. Freundliche und kundige Schwestern helfen beim Entkleiden und Anlegen des hauseigenen Flatterhemds, das wie ein Kittel hinter dem Hals gebunden wird, aber ansonsten offen ist. Mein Schlüppi wird durch ein Netzhöschen ersetzt. Ich weiß nicht, warum ich plötzlich an einen Wickelbraten denken muss.

Ein sympathischer Herr im weißen Kittel erklärt mir die zwei Möglichkeiten der Anästhesie mit allem Für und Wider.

Ich bin kein Freund von Arztserien, bei denen man ständig in offene Körper sieht, aber mir ist auch nicht unbekannt, dass eine Vollnarkose, besonders bei älteren Menschen, zu Komplikationen führen und womöglich auch das Denkvermögen beeinträchtigen kann. Der sympathische Mensch lässt mir Zeit zum Überlegen. Wie nebenbei, berichtet er von seiner Mutter, die einer Spinalanästhesie wegen des Spritzens in das Rückenmark sehr skeptisch gegenüber stand, letztlich jedoch fand, dass es gar nicht so schlimm gewesen war.

Bezüglich meiner geäußerten Abneigung, dem operativen Tun am eigenen Körper zusehen zu müssen, kann er mich beruhigen. Dem wird nicht so sein. Die Chirurgen bleiben hinter einer Abschirmwand verborgen. Auch die Fachgespräche und sonstigen Geräusche werden mich nicht beunruhigen. Ich entscheide mich für die Spinalanästhesie.

Eine Schwester überbringt die Nachricht, dass ich noch vor der Mittagszeit in den OP solle.

Nun geht alles sehr schnell. Ich werde noch einmal nach eventuellen Allergien befragt, sonstigen Beeinträchtigungen durch Medikamente, vorherige Operationen und was weiß ich noch alles. Der Blutdruck wird erneut gemessen. Alles Metall, auch der Ehering, muss abgelegt werden. Eine LMA-Injektion wird durch den Port gejagt.

Ich werde befragt, welche Musik ich hören möchte. Klassik oder Schlager?

„Klassik?", frage ich, „welche?"

„Klavierkonzert zum Beispiel".

Sofort muss ich daran denken, wie ermüdend das letzte Klavierkonzert war, das wir in der Kirche in Ribnitz ertrugen. Wir hatten unsere Enkelin mit ihrem Mann dazu eingeladen, um sie an Klassik überhaupt heranzuführen. Leider hatte der angekündigte Pianist kurzfristig seine Teilnahme abgesagt und die Veranstalter damit in eine Notlage gebracht. Mit viel Mühe war es den Mitarbeitern gelungen, einen Ersatz zu finden. Eine in ihrer Heimat Armenien mehrfach ausgezeichnete Pianistin und Dozentin an einer Musik-hochschule hatte sich bereit erklärt, die Lücke zu füllen. Verständlicherweise konnte sie nicht das angekündigte Programm mit Werken von Schostakowitsch, Tschaikowski und Chopin übernehmen. Stattdessen hatte sie das Werk eines spanischen Komponisten gewählt, der in einer neunzig minütigen, mehrsätzigen Komposition das Thema „Schweigen" in Töne umgesetzt hat. Die Künstlerin bat darum, die Darbietung nicht durch Beifall zu unterbrechen. Sie werde das Werk in einem Stück vortragen. Der Komponist habe sechzehn Jahre mit Unterbrechungen daran gearbeitet und es seien sechsundzwanzig, oder waren es sechsunddreißig(?), miteinander ver-wobene Sätze entstanden. Was dann folgte, war für unsere laienhaften Ohren eine Abfolge sich wiederholender Akkorde in mehr oder weniger schnellem Tempo, mit mehr oder weniger Lautstärke.

Schon nach kaum einer halben Stunde hatten viele Zuhörer die Augen geschlossen. Nach einer Stunde unterdrückten wir mühsam das Gähnen. Um mich wach zu halten, begann ich, die Tafel zur Geschichte der Kirche zu studieren, die nicht weit von mir entfernt an der Seite stand. Unsere Enkelin machte ein gelangweiltes Gesicht. Ihr Mann zog die Augenbrauen hoch. Eins war klar - Klassik war out.

Dessen eingedenk entscheide ich mich für Schlager. Da wird mir Roland Kaiser wärmstens empfohlen und ich sage zu, obwohl ich nicht zu seinen leidenschaftlichen Fans gehöre.

Das Anästhesieteam ist inzwischen startklar.

Ein Dr. S. stellt sich als Anästhesist vor. Drei Personen drehen mich auf die rechte Seite und halten mich gewaltsam fest, als ob ich gleich von der Pritsche springen würde. Dann spüre ich, wie die Nadel die Lücke zwischen zwei Wirbeln sucht, um das Narkosemittel hinein zu spritzen. Es ist nur ein kurzes Pieken. Der Doktor versteht sein Fach.

Von der Behandlungsliege werde ich auf ein Rollbett befördert und dann beginnt eine zügige Fahrt durch endlos lange Gänge, kahle graue Flure entlang. Flügeltüren öffnen und schließen sich. Ich versuche, die nüchternen, kastenförmigen Deckenleuchten über mir zu zählen, aber nach drei Kurven und zwölf Leuchten höre ich auf.

Im Operationssaal angekommen, werde ich nochmals umgebettet. Vor mir wird ein Gestell mit einer Sichtsperre aus weißem Laken oder etwas Ähnlichem aufgebaut. Meine Füße und

Beine beginnen mittlerweile zu kribbeln und eine leichte Hitze steigt in mir auf. Das sei ein gutes Zeichen, konstatiert der begleitende Anästhesist. Auf die Ohren bekomme ich jetzt voluminöse Kopfhörer. Auf die Brust wird eine Decke gelegt, die eine wohltuende Wärme verströmt. In die Nase wird eine durchsichtige Klammer geklemmt, die mir durch die Zufuhr von Sauerstoff das Atmen erleichtern soll. Ich spüre sie kaum.

Dafür ertönt jetzt aus den Kopfhörern die sonore Stimme Roland Kaisers. Die ersten zwei Titel der CD kenne ich. Die anderen habe ich noch nie bewusst gehört. Er singt von Liebe und Enttäuschung, von Sehnsucht und Verlassensein, von Glück und großer Traurigkeit. Alles schön verpackt in eingängige Melodien. Ich habe die Augen geschlossen. Es gibt ohnehin nichts zu sehen. Nach anderthalb Stunden glaube ich, das Seelenleben von

Roland Kaiser zu kennen und bin erstaunt, dass es nicht nur aus Schmalz besteht.

Dann endet der Gesang. Die CD ist wohl abgelaufen.

Dafür dringt jetzt starkes Rauschen und gedämpftes Gemurmel an mein Ohr. Ich vermute, dass die Operation dem Ende entgegen geht und die Operateure die letzten Handgriffe erledigen. Dem Gemurmel kann ich nicht entnehmen, worüber sie sprechen. Sind sie noch mit dem Bruch beschäftigt? Ist die OP gelungen? Gibt es zu erwartende Komplikationen? Oder sprechen sie einfach über die geplanten Vorhaben am bevorstehenden Wochenende oder über die letzten Urlaubserlebnisse. Da kann ich viel spekulieren. Es führt zu nichts.

Irgendwann hört auch das Rauschen auf. Die Kopfhörer werden abgenommen, die Klemme aus der Nase entfernt und die wärmende

Heizdecke von der Brust genommen. Dann wird auch die Sichtsperre entfernt. Ich weiß nicht mehr, ob und wie ich vom OP-Tisch in das rollende Bett gekommen bin, aber an die Fahrt in die Aufwachstation kann ich mich dunkel erinnern.

Hier werde ich wieder an verschiedene Überwachungsgeräte angeschlossen.

Ein freundlicher junger Mann im weißen Kittel mit Migrationshintergrund fragt akzentfrei, wie es mir geht, ob ich ihn gut sehen kann, ob mir übel ist und prüft dann die Empfind-lichkeit des operierten Fußes.

Mir geht es gut. Ich spüre meine Fußsohle und die Zehen. Schmerzen habe ich keine. Das kommt wohl noch von der Anästhesie oder dem Tropf, der in den Port an meinem rechten Arm führt.

Abgetrennt durch einen flexiblen Raumteiler liegt nebenan ein weiterer Patient. Er scheint ein paar Probleme beim Aufwachen zu haben, denn er brummelt, dass er jetzt zur Arbeit müsse und bewegt sich unkontrolliert, sodass die angeschlossenen Geräte laut piepen. Der junge Assistent kommt eilends herbei und spricht beruhigend auf ihn ein. Er hindert ihn daran, aufzustehen und schnallt ihn vorsichtshalber wieder an.

Bei mir piept nichts. Die Apparatur summt gleichmäßig vor sich hin. Über dem doppelflügeligen Ausgang hängt eine Uhr, die bei meinem Eintreffen 14.30 Uhr anzeigte. Demnach dauerte die OP wohl zwei Stunden. Dr. S. sieht inzwischen nach den frisch operierten Patienten im Aufwachraum und verfügt, dass die Patientin aus der ersten Kabine auf Station gebracht werden kann. Er fragt nach meinem Befinden, vergewissert sich, dass das Gefühl in dem operierten Fuß tatsächlich vorhanden ist und erlaubt dann auch meine

Verlegung auf Station.

Es vergehen aber noch zwanzig Minuten bis mein Bett ins Rollen kommt, denn die beiden grün bekittelten Schwestern vom Transportkommando sind noch mit der Dame aus Kabine 1 unterwegs. Der Herr von nebenan muss noch bleiben.

Auf dem Weg zur Station frage ich die Schwestern, die gekonnt mit dem ungelenken Gefährt die Kurven und den Fahrstuhl nehmen, wie viele Kilometer sie wohl am Tag zurücklegen und ob sie dafür vielleicht Kilometergeld kriegen. Obwohl sie unter Stress stehen, gehen sie auf meine Scherzfrage ein und meinen, das sei vielleicht eine An-regung für die nächste Tarifrunde.

Auf Station stehen schon zwei weitere Schwestern bereit, um mich samt Rollbett in Empfang zu nehmen. Ich werde in ein 2-Bett-Zimmer geschoben, ein paar Mal zurechtgerückt und wieder an einen Tropf angeschlossen.

Für meinen operierten Fuß, der in einem korallenroten Verband steckt, wird ein keilförmiges Gebilde aus Kunststoff mit einer fußgerechten Aussparung auf dem rechten Bettrand postiert, in die mein Fuß vorsichtig hineingeschoben wird. Von meiner liegenden Position aus kann ich nur ein orangerotes Etwas erkennen, aus dem die Zehen heraus-ragen. Auch sie leuchten in dem kräftigen Farbton.

Neben dem Bett steht auf der linken Seite ein Blechkasten mit einem ausgeklappten Tablett. Eine Schwester drückt mir eine schmale Fernbedienung in die Hand und erklärt ihren Gebrauch. Die rote Taste ist der Rufknopf – ganz wichtig! Darunter befinden sich zwei gelbe Knöpfe, von denen der eine für die Bettbeleuchtung zuständig ist. Der andere ist für gar nichts. Okay, das habe ich verstanden.

Es gibt noch eine zweite Fernbedienung. Sie hängt an dem Blechkasten in Kopfhöhe neben mir und ist lt. Schwester selbsterklärend.

Sie ist der Zauberschlüssel für den Gebrauch des Bettes, in dem ich liege. Dieses Bett ist ein Wunderwerk der Technik. Das Kopfteil lässt sich in Etappen aufrichten, bis man beinahe senkrecht im Bett sitzen kann. Das Fußteil kann ebenfalls angehoben werden, wenn auch nicht so weit. Eine weitere Einstellung bewirkt ein Anheben des Bettes in Höhe der Knie-kehlen, sodass dort so eine Art Wulst entsteht. Für jede Position ist auf der Fernbedienung ein Piktogramm mit den entsprechenden Pfeilen für Auf und Nieder etabliert.

Mir ist nur die zweite Position wichtig – die Veränderung der Kopfhöhe bzw. des Oberkörpers von der Liege- in die Sitz-position. Dumm ist nur, dass diese Fern-bedienung verschwindet, sobald ich mich im Bett aufrichte.

Sie klemmt an einer Schiene am Blechkasten, der so dicht am Bett steht, dass keine Hand mehr dazwischen passt. Da ich meinen Fuß nicht verdrehen darf, und in der Plastikschiene auch nicht kann, denn er sitzt passgerecht in der Form, kostet es mich einige Mühe und Verrenkungen, um an das Gerät heranzukommen. Dabei fällt es aus der Verankerung und ich sehe mich genötigt, das erste Mal nach einer Schwester zu klingeln.

Es dauert auch nicht lange, bis eine freund-liche Person im weißen Kittel erscheint. Sie sagt kein Wort, zieht den Blechkasten vor und angelt die Fernbedienung vom Fußboden, zu der sich inzwischen auch der Rufknopf gesellt hat.

„Ich mache die Fernbedienung jetzt hier am Griff fest", sagt sie nicht unfreundlich, aber ich habe doch das Gefühl, dass sie meinen geistigen Fähigkeiten nicht weit traut. Viel-leicht hätte ich wissen sollen, dass der Blechkasten, der zugleich der Nachttisch ist, auf Rollen gelagert ist und sich wider-standslos weiter nach vorn neben das Bett ziehen lässt.

Kaum ist sie gegangen, geht die Tür von Neuem auf und eine andere Schwester, diesmal im weißen Kittel, schiebt ein Gerät ins Zimmer.

„Da wollen wir doch mal den Blutdruck messen", verkündet sie und schiebt das Gerät an meine rechte Bettseite. Aber da ist noch der Port von der Infusion in der Ellenbeuge und sie rangiert um.

„147 zu 98. Na, das ist doch ganz in Ordnung."

Ich finde, dass das für meine Verhältnisse immer noch zu hoch ist, denn ich habe eigentlich eher einen niedrigen Blutdruck, so um die 130 zu 80. Eingedenk der Tatsache, dass die Sanitäter bei ihrer ersten Blutdruckmessung einen Wert von 200 zu irgendwas gemessen hatten, sage ich aber nichts. Da das zweite Bett im Zimmer nicht belegt ist, zieht sie mitsamt Gerät wieder von dannen.

Ich sehe mich im Zimmer um. Violette Wände, begrenzt von einem hellgelben breiten Fries, das nahtlos in die gleichfarbige Zimmerdecke übergeht. Nicht das sterile Weiß, das ich noch von Krankenhäusern und Arztpraxen früherer Jahre in Erinnerung habe – weiße Wände, weiße Metallbetten, weiße Arztkittel. Aber Lila? Der letzte Versuch?

Das würde meiner Enkeltochter Mandy gefallen. Lila ist ihre Lieblingsfarbe. Ihr Hochzeitskleid zierte im Rücken ein violettes Schleifenband, der Bräutigam trug ein brombeerfarbenes Hemd und nach der Trauung entschwebten fünfzig lila Luftballons mit guten Wünschen in den Himmel.

Vor der linken Fensterecke steht ein viereckiges Tischchen mit zwei dazu passenden Stühlen in einem warmen Holzfurnier. Darüber hängt ein Flachbildfernseher. Mir gegenüber zwei Landschaftsbilder. An der Stirnseite jeweils ein Kleiderschrank und über den Betten eine Geräteleiste für allerhand Elektronik und die Wandleuchten. Vor den Fenstern Jalousien, die offenbar ferngesteuert sind, denn ich habe nie gesehen, dass sie jemand bedient hätte.

Mich überkommt das dringende Bedürfnis, die Flüssigkeit wieder los zu werden, die ich heute zu mir genommen habe. Da ich das Bett nicht verlassen darf, muss ich wohl oder übel nach einer Schwester klingeln. Ein neues Gesicht in Schwestertracht erscheint und bringt mir auch die gewünschte Bettpfanne. Im Umgang mit einem solchen Teil ungeübt, dauert es ein Weilchen, bis ich das Kopfende des Bettes in eine halb sitzende Position gebracht und mir das Netzhöschen, das ich immer noch trage, vom Leib gerollt habe. Das weitere Prozedere erübrigt sich zu beschreiben. Ich bin jedenfalls froh und erleichtert, als ich es hinter mir habe und die Schwester die Tür wieder von außen geschlossen hat.

Nach dieser Aufregung überfällt mich die Müdigkeit. Ich lege das Bett flach und gleite in einen leichten Dämmerzustand. Kurze Zeit später dringt Stimmengewirr an mein Ohr. Auf dem Flur ist jetzt Bewegung. Die Stimmen nähern sich. Die Tür geht auf. Ich bekomme Gesellschaft.

Von zwei Schwestern begleitet, begibt sich eine dunkelhaarige Person, auf zwei Krücken gestützt, unter Ächzen und Stöhnen zu dem benachbarten Bett. Die Schwestern tragen die Reisetasche und das Handgepäck, schlagen eifrig das Bett auf und helfen der armen Frau, sich dort niederzulassen. Den linken Arm trägt sie angewinkelt in einem Stützverband von gleicher korallenroter Farbe, wie ich sie am Fuß habe. Ich richte mich im Bett wieder halb auf, um das Geschehen zu verfolgen.

Die Dame gibt den Schwestern Anweisung, wo etwas hin soll und lässt sich beim Umkleiden helfen. Sie darf den eigenen, mitgebrachten Schlafanzug tragen, ein schickes Teil, soweit ich es von Weitem beurteilen kann. Nach weiteren Wünschen befragt, antwortet sie barsch:

„Ich habe Hunger. Habe außer dem Frühstück heute noch nichts gegessen."

Die Schwestern versprechen, die Bitte weiterzuleiten und zu sehen, was sich machen lässt, denn sie ist in der Küche nicht angemeldet.

Nachdem die Schwestern das Zimmer verlassen haben, um ihren weiteren Aufgaben auf Station nachzugehen, erzählt mir meine neue Mitbewohnerin, dass sie zur Kur in Polen war, die sie aber nach einem Sturz vorzeitig beenden musste. Dabei habe sie sich den Arm verletzt und den Rücken. Hier in der Klinik, habe man sie gar nicht aufnehmen wollen, da sie ja gehen konnte und der andere Arm unbeschadet geblieben war. Sie habe sich aber gewehrt und schließlich durchgesetzt, denn wer wollte die Verantwortung dafür über-nehmen, wenn sie allein in ihrer Wohnung erneut stürzen und womöglich ohne Be-wusstsein liegen bleiben würde. Ihre Tochter sei im Ausland in Urlaub und könne ihr nicht helfen. Außerdem habe sie furchtbare Schmerzen im Rücken und könne sich kaum bewegen.

Sie spricht schwer atmend, von gelegentlichem Stöhnen unterbrochen, aber der Frust über den Umgang mit ihr ist unverkennbar. Sie erwartet keine Antwort von mir oder sonstige mitfühlenden Worte, sondern klingelt erneut nach den Schwestern.

Wieder erscheint ein neues Gesicht. Sie sieht erst mich, dann meine Nachbarin an. Diese deutet auf die Krücken, die, für sie nicht erreichbar, an einem der Stühle angelehnt am Fenster stehen. Sie reicht der Schwester ihre Kosmetiktasche und geht dann, mühsam auf die Krücken gestützt, ins Bad.

Die Glückliche, denke ich, obwohl das angesichts ihrer offensichtlichen Schmerzen nicht angebracht ist. Sie kann alleine ins Bad gehen. Ich dagegen benötige schon wieder das Nachtgeschirr.

Kaum habe ich mich wieder in mein Netz gerollt, erscheint eine andere, aber immerhin schon einmal da gewesene Schwester und verabreicht mir eine Thrombosespritze in den Bauch. Es tut gar nicht weh. Ich habe einige Speckröllchen aufzuweisen.

Bevor ich wieder in einen Dämmerzustand verfalle, bemühe ich mich um ein Gespräch mit meiner Zimmergenossin. Aber sie reagiert nicht, wirtschaftet mit ihren Habseligkeiten im Bett und an dem Blechkasten herum und widmet sich ihrem Schmerz.

Also schließe ich die Augen und denke darüber nach, wie es wäre, wenn ich allein auf dem Grundstück leben würde, so wie meine schräge Nachbarin.

Sie ist nicht schräg als Person, nein, sie wohnt uns schräg gegenüber und ist zehn Jahre älter als wir, aber noch topfit, sowohl körperlich als auch geistig. Allerdings hatte sie im vergangenen Jahr auch einen schlimmen Unfall erlitten. Als sie auf die Ofenbank geklettert war, um eine Vase herunterzuholen, rutschte sie ab und brach sich den Ober-schenkel. Das Handy verhinderte, dass sie dort hilflos liegen und leiden musste. Sie konnte selbst die 112 wählen und Hilfe anfordern.

Vielleicht ist es an der Zeit, dass auch Robert und ich stets ein Handy bei uns tragen. Nicht immer sind hellhörige Hunde zur Stelle, die Hilferufe auch über eine größere Distanz empfangen und entsprechend reagieren.

Ich hatte Glück im Unglück. Auch, dass der Unfall an einem Freitag passierte und nicht am Wochenende, wo die Personalbesetzung im Krankenhaus nur auf Sparflamme läuft. Und ich hatte Glück, dass ich schon nach kurzer Wartezeit operiert worden bin.

Inzwischen ist die Zeit für das Abendbrot herangekommen. Zwei Schwestern in grünen Kitteln platzieren jeweils ein Tablett auf unseren Nachttischen. Zwei Scheiben Brot, eine Scheibe Lyoner und eine Scheibe Käse. Dazu abgepackte Butter und ein Pott Tee. Pfefferminztee mit viel Zucker.

Während ich mein Bett wieder in eine Hab-Acht-Stellung bringe, und mich mühsam aufrichte, um das Brot zu belegen, hält meine Nachbarin die Schwester fest und deutet auf ihren bandagierten Arm. Wie soll sie damit Brot schmieren? Sie kann gar nicht zufassen.

Die Schwester nimmt das Tablett vom Nachbartisch, setzt sich an das Tischchen in der Ecke und bereitet die Schnitten mund-gerecht zu. Ich schaffe das ohne fremde Hilfe, wenn auch nicht ohne Mühe. Den Tee trinke ich mit Widerwillen. Er ist viel zu süß. Ich mache schon längst keinen Zucker mehr in den Kaffee oder Tee. In den Folgetagen werde ich darauf verzichten. Es gibt auch ungesüßten Tee, wie ich erfahre.

Nach kurzer Zeit wird alles wieder abgeräumt. Trödeln beim Essen geht nicht. Die Küche will schließen und braucht das Geschirr. Meine Bettnachbarin behält sich vor, den Teller mit dem fertigen Brot noch da zu behalten und den Becher mit dem Joghurt, den sie zusätzlich erhalten hat, weil sie ja kein Mittagessen hatte. Das ist mir ein bisschen peinlich, denn ich brauche schon wieder die Bettpfanne, obwohl ich die zwei Flaschen Mineralwasser, die seit meiner Ankunft auf dem Nachttisch stehen, kaum angerührt habe.

Wo kommt bloß das viele Wasser her? Ich entschuldige mich bei meiner Nachbarin und bei der Schwester, die nun schon wieder meinetwegen kommen muss. Von der Nachbarin keinerlei Reaktion. Die Schwester ist bemüht, mich zu trösten, indem sie sagt, dass es nach einer OP völlig normal sei und es vielen Patienten so ergehe.

Kaum habe ich mich in meinem Bett wieder zurecht gerückt, geht erneut die Tür auf. Wieder eine andere Schwester. Wie viele Schwestern haben sie hier? Ich denke, es gibt im Gesundheitswesen überall Personalmangel? Sie fragt nach unserem Schmerzbefinden auf einer Scala von eins bis zehn.

„Neun", stöhnt die Frau neben mir.

Ich gehe in mich und prüfe mein Befinden. Eigentlich habe ich gar keine Schmerzen. Der operierte Knöchel ziept ein bisschen, aber das würde ich nicht als Schmerz bezeichnen. Also sage ich:

"Höchstens eins."

Die Schwester ist zufrieden. Kurze Zeit später bringt sie einen Beutel mit Schmerzmittel für meine Nachbarin und hängt ihn an den Tropf. Mein Tropf, den ich nach der OP noch hatte, ist längst leer und nicht durch einen neuen ersetzt worden. Dafür erhalte ich jetzt eine Tablette, die ich vor dem Einschlafen ein-nehmen soll.

Obwohl ich den ganzen Tag über nichts getan habe, mich völlig passiv verhalten habe, bin ich doch erschöpft. Ich nehme also gleich die Tablette und begebe mich in die Waagerechte.

Morgen kommt Robert, denke ich noch. So hat es mir die Schwester übermittelt, die er bei seinem Anruf auf Station erreicht hat.

Sonnabend, 24. September

Gerade bin ich eingeschlafen, als die Tür mit Schwung geöffnet wird. Eine freundliche Schwester begrüßt uns mit einem fröhlichen "Guten Morgen".

Sie eilt zum Nachbarbett, um die Schläferin um ihr Ohr zu bitten.

„Wir wollen mal die Temperatur messen", verkündet sie und fragt:

„Haben Sie gut geschlafen?"

„Nein", antwortet meine Leidensgefährtin einsilbig und ich bin geneigt, dasselbe zu tun, antworte aber mit „Ja".

In Wahrheit war die Nacht nicht gerade erholsam.

Mit dem Gedanken an Robert war ich eingeschlafen. Ich fragte mich, ob er wohl den Morgenspaziergang jetzt allein weiterführen würde und ob wieder so viele Eicheln von den Bäumen gefallen wären, wie in letzter Zeit. Die Eichen, die die Straße im Wechsel mit Linden säumen, sitzen in diesem Jahr voller Früchte. Das Blattwerk verschwindet fast unter ihrer Fülle. In keinem Jahr zuvor trugen die Eicheln so viele Früchte.

Das kommt von der Trockenheit der letzten beiden Sommer, habe ich in einer Fernsehsendung erfahren. Die Bäume bilden dann besonders viele Blüten und entsprechend auch Früchte aus, um die Art zu erhalten.

Es ist anzunehmen, dass die Wildschweine, die den Wald um unsere Siedlung herum bevölkern, wohl auch die Straße heimsuchen und fette Beute machen werden. Da muss man jedenfalls Vorsicht walten lassen.

Einmal ist es schon passiert, dass eine ganze Rotte - zwei Bachen, mehr als zehn Frisch-linge und zwei Überläufer - meinen Weg gekreuzt haben. Aber da fuhr ich mit dem Auto und konnte noch in sicherer Entfernung anhalten.

Über diese Gedanken muss ich wohl eingeschlafen sein, denn ich fand mich plötzlich im Wald einem gewaltigen Keiler gegenüber, der die laubbedeckte, feuchte Erde nach Leckerbissen durchwühlte und schmatzend und grunzend auf mich zu kam. Wie immer in solchen Träumen, konnte ich mich nicht von der Stelle rühren, als die kräftigen Hauer immer näher kamen. Bevor er mich jedoch attackieren konnte, wachte ich mit einem Ruck auf.

Im ersten Moment wusste ich nicht, wo ich war. Es war dunkel um mich herum. Ein fahler Mondschein fiel auf die Szenerie. Allmählich erkannte ich die Umrisse meines Bettes und des hoch gelagerten Fußes. Ich erkannte, dass nicht der Mond das Zimmer erhellte, sondern das Nachtlicht, dass an der Wand zur Nasszelle angebracht war und den Raum in ein diffuses Licht hüllte. Ich war erleichtert.

Das Geräusch war allerdings geblieben. Noch immer grunzte und röchelte etwas in unmittelbarer Nähe. Meine Bettnachbarin war nach dem Schmerztropf und weiteren Tabletten in einen tiefen Schlaf gefallen und schnarchte, was das Zeug hielt. Aus ihrem tiefsten Inneren drangen Laute, die an das Abholzen ganzer Wälder erinnerten.

Einmal wach, erlaubte ich mir den Luxus, nach der Schwester zu klingeln und um die Bettpfanne zu bitten. In meinem ganzen Leben musste ich noch nie so oft Wasser lassen, wie in diesen wenigen Stunden nach der Operation.

Die Nachbarin schnarchte jetzt etwas verhaltener, wachte jedoch nicht auf.

Nach drei oder vier Stunden, so kam es mir vor, war die Nacht vorbei. Das Licht über dem Bett nebenan ging an. Eine Krücke fiel zu Boden und blieb auch dort, während Frau Sowieso - sie hatte sich bis jetzt nicht vor-gestellt - unter Stöhnen an der anderen Krücke in Richtung Bad an meinem Bett vorbei ging, ohne mich eines Blickes zu würdigen. Ich beneidete sie um diesen Gang, denn mir war er verwehrt, aber die Blase drückte schon wieder. Ich verkniff mir, die Klingel zu betätigen.

Es war sicher bald Zeit zum Aufstehen, wobei Aufstehen in meinem Fall natürlich nicht in Frage kommt. Als die Dame von der Toilette kam, blieb die Tür sperrangelweit offen. Auch das Licht blieb an. Ebenso wie die Bettbeleuchtung. Sie aber begab sich wieder in die Waagerechte und alsbald begann das Schnarchkonzert von Neuem.

Ich konnte es ihr nicht übelnehmen. Wenn ich auf dem Rücken liege, schnarche ich auch. Manchmal erwache ich sogar davon und merke an meinem trockenen Hals, dass ich wohl mit offenem Mund geschlafen haben muss. Ich bemühte mich also, nicht auf die Geräusche zu achten. Aber das Licht hätte sie ja wenigstens ausmachen können, meine ich.

Es vergeht noch eine geraume Weile, bis die Nacht tatsächlich vorbei ist und besagte Schwester zum Fieber messen kommt. Die Körpertemperatur entspricht der Normalität, was sie freudig verkündet und uns Versehrte im Morgengrauen allmählich zu uns finden lässt.

Wir haben noch Sommerzeit. Da ist es um 6.30 Uhr noch dämmerig, zumal der Himmel heute bedeckt zu sein scheint, denn das rosige Morgenrot bleibt verborgen. Zeit zum nochmaligen Einschlafen bleibt jedoch nicht. Zwei Schwestern erscheinen auf der Bildfläche.

Die Morgenwäsche steht an. Während die hübsche Blonde meiner Nachbarin aus dem Bett hilft und sie zum Bad begleitet, stellt mir die Brünette eine Schüssel mit lauwarmem Wasser auf den vorgezogenen Nachttisch sowie eine Nierenschale aus Presspappe mit einer Mini-Zahnbürste, auf der, wie sie sagt, schon Zahncreme verteilt ist. Da ich mit völlig leeren

Händen eingeliefert wurde und noch keinen Besuch empfangen durfte, erhalte ich auch noch einen Waschlappen, ein dünnes Leinenhandtuch und einen Kamm. Nun kann ich sehen, wie ich damit zurecht komme.

Mühsam richte ich das Bett auf, tauche die Zahnbürste in das Wasserglas, das für die Einnahme von Tabletten seit gestern auf dem Nachttisch steht, und putze mir die Zähne. Damit das Wasser in der Schüssel noch für die Waschung des Körpers sauber bleibt, spucke ich die Zahncreme in die Nierenschale und lege die Zahnbürste dazu, in der Hoffnung, dass Robert heute mein eigenes Waschzeug bringt.

Die anschließende Katzenwäsche beschränkt sich auf das Gesicht, den Hals und die Arme. Dabei ist die Bezeichnung „Katzenwäsche" irreführend, denn Katzen putzen sich sehr gründlich und ausdauernd. Niemals könnte ich mich so verbiegen wie

Bernie, unser Kater, wenn er sorgfältig sein weißes Bäuchlein leckt oder mit viel Geduld die Ohren und das Gesicht bearbeitet. Wenn er das rot gestromte Rückenfell putzt, kann er den Kopf beinahe um mehr als 180 Grad drehen wie die Eulen, die ich so liebe und sammle. Aber das ist ein anderes Thema.

Ich reibe also mit dem feuchten Lappen zwei-, dreimal über Gesicht, Hals und Arme. Mehr Feuchtigkeit könnte das Handtuch auch gar nicht aufnehmen. Danach bin ich kaputt, fühle mich jedoch trotz allem erfrischt.

Frau Meier, wie meine Mitbewohnerin heißt - zumindest hat die Schwester sie so angesprochen - hat ihre Morgentoilette auch beendet und begibt sich, wie aus dem Ei gepellt, in ihr Bett. Beneidenswert!

Es ist gut, dass ich das Bett nicht wieder horizontal gestellt habe, denn alsbald wird das Frühstück serviert. Zwei Brötchen, Butter, eine

Scheibe Käse, eine Scheibe Wurst, sogar Kaffee und Kaffeesahne. Inzwischen habe ich ja gelernt, den Nachttischkasten so zu positionieren, dass ich in meiner halb liegenden Stellung an das Frühstück heran reiche und die Brötchen aufschneiden und schmieren kann.

Die Dame nebenan wird wieder bedient, was sie ohne ein Wort des Dankes als selbstverständlich betrachtet. Auf meinen Guten-Morgen-Gruß hat sie auch nicht geantwortet.

Da ich nun meine Brille aufhabe, kann ich die Schwestern deutlicher sehen und erkenne sie wieder. Sie hatten gestern offensichtlich auch schon Frühdienst. An ihrem Verhalten zueinander vermute ich, dass „Blondi" eine examinierte Krankenschwester sein könnte, während sich „Brüni" wahrscheinlich noch in der Ausbildung befindet.

Heute ist Sonnabend, da gibt es keine Visite. Deshalb bin ich überrascht, als ein Arzt, gefolgt von einem Assistenten, hereinkommt und sich nach unserem Befinden erkundigt. Meine Leidensgefährtin klagt erneut über starke Schmerzen und beteuert, dass sie kaum ein Auge zugemacht hätte. Auf Grund dessen verordnet der Arzt einen zusätzlichen Schmerztropf zu den bereits erhaltenen Tabletten, von denen eine zum Frühstück und zwei nach dem Mittagessen eingenommen werden sollten.

Danach wendet er sich mir zu, besieht sich den Fuß, der in dem korallenroten, inzwischen blutdurchtränkten Verband steckt.

„Hat Ihnen schon mal jemand erklärt, was bei de OP gemacht wurde?", fragt er.

Als ich verneine, erklärt er mit einfachen Worten, dass sie den äußeren Knöchel mit einer winkelstabilen Metallplatte und den inneren mit zwei kanülierten Metallschrauben mit Unterlegscheiben und mittig mit einer weiteren

Metallschraube fixiert hätten. Ich müsse in der Schiene liegen, damit der Fuß zwar nach oben und unten bewegt werden könne, aber keinesfalls zur Seite gedreht werden dürfe. Ich bin dankbar für die Information, kann jedoch deren Folgen und Tragweite im Moment noch gar nicht recht erfassen.

Frau Meier, von der ich bisher glaubte, sie sei nur mit ihrem eigenen Schmerz beschäftigt, hatte aufmerksam zugehört.

„Da steht Ihnen ja noch Einiges bevor," bemerkt sie, nachdem der Arzt und sein Assi das Zimmer verlassen haben.

„Ich weiß, wovon ich spreche," sagt sie ohne Stöhnen.

„Ich habe zwei neue Hüftgelenke und eine Kniegelenkoperation hinter mir. Dann kam die Diagnose Brustkrebs dazu und die Unverträglichkeit des Implantats."

Eine Chemo habe sie abgelehnt, sagt sie weiter.

Sie kenne genug Leute, die eine solche Behandlung ganz schlecht oder gar nicht vertragen hätten. Sie wolle die ihr verbleibende Zeit wenigstens ohne Nebenwirkungen erleben, so gut es eben geht. Ich bin fürbass erstaunt über den plötzlichen Redefluss und zugleich voller Mitgefühl für die arme Frau, der ich fast schon Schauspielerei unterstellt hatte. Ich weiß gar nicht, was ich jetzt zu ihr sagen soll. So sage ich nur:

„Es tut mir leid".

Sie aber hat schon die Hörgeräte von den Ohren genommen und sich im Bett ausgestreckt.

Sehr zu meinem Leidwesen geht das Spiel mit der Bettpfanne auch am heutigen Morgen weiter. Bevor ich den Rufknopf betätigen kann, öffnet sich die Tür und eine schmale, junge Schwester wendet sich mir zu. Sie entfernt die mittlerweile rot gefärbte Einlage aus der Kunststoffschiene, in die mein operiertes Bein gebettet ist und ersetzt sie durch eine neue.

Sie richtet auch die Bettdecke und klopft das Kopfkissen zurecht. Letzteres scheint aus irgendwelchen synthetischen Resten zu bestehen, denn auch nach dem Aufschütteln bilden sich an verschiedenen Stellen kleine Klumpen. Zu Hause habe ich schon seit Jahren ein sogenanntes Gesundheitskissen aus einem speziellen Schaumstoff, wie er auch für die Ausstattung der Kosmonauten verwendet wird. So stand es jedenfalls in dem Werbeschreiben, dem ich den Kauf verdanke. Ich schlafe sehr gut darauf. Aber das kann ich natürlich nicht in einer Klinik erwarten, wie überhaupt nicht in fremden Betten, sei es im Urlaub oder bei den Kindern. Wenn wir sie besuchen, nehme ich zumeist unsere Kopfkissen mit.

Dessen ungeachtet, bin ich dankbar für die frische Fußeinlage und das aufgeschüttelte Bett. Außerdem kann ich auch noch meine Bitte nach dem Nachtgeschirr anbringen.

Als ich mich mühsam aufrichte, bemerke ich eine Beule an der rechten Wade, die mit einer Flüssigkeit gefüllt zu sein scheint und stremmt. Ich bitte die Schwester, sich das anzusehen.

„Das ist nicht schlimm", sagt sie. „So etwas kommt öfter nach einer Operation vor. Zeigen sie die Schwellung morgen dem Arzt. Der wird Ihnen sagen, wie es damit weitergeht."

Es bereitet mir außer Kopfzerbrechen keine großen Schmerzen. Deshalb gebe ich mich mit dieser Antwort zufrieden.

Nach einer kleinen Ruhepause betritt eine forsche Dame im blauen Kittel unser Zimmer. Sie überbringt den Speiseplan für die nächste Woche mit dem Bemerken, wir könnten ja schon immer mal etwas aussuchen, bevor sie am Sonntag die konkrete Bestellung aufnimmt. Sagt`s, legt den Plan in die dafür vorgesehene Ablage auf den kleinen Tisch an der Wand und verschwindet wieder.

„Was soll das denn nun?", fragt meine Zimmergenossin empört.

„Denkt sie, wir hätten Tentakeln, die über das ganze Zimmer reichen?"

Sie ist drauf und dran, sofort eine Schwester zu rufen.

Glücklicherweise ist das nicht nötig, denn das Mittagessen wird serviert. Heute, am Sonnabend gibt es kein Wahlessen sondern Hühnernudeleintopf für alle. Die jungen Mädchen in den grünen Kitteln, die uns bedienen, reichen Frau Meier auch das Blatt mit dem Speisenangebot. Die Suppe schmeckt gut. Ich halte mich jedoch zurück. So wenig Flüssigkeit, wie möglich, möchte ich zu mir nehmen, obwohl ich weiß, dass das grundverkehrt ist. Doch ich möchte die Peinlichkeit des Toilettenbesuches auf ein Minimum beschränken.

Meine Mitbewohnerin ordert noch einen Nachschlag. Dann vertieft sie sich in den Speiseplan der folgenden Woche und liest ihn laut vor. Das Angebot ist reichhaltig - jeweils drei Hauptgerichte und dazu Kompott oder Joghurt.

„Hier sind gar keine Spalten, in die wir uns eintragen könnten", beschwert sie sich.

„Dann schreiben wir eben eine Zahl vor das jeweilige Gericht. Sie sind Nr. 1 und ich Nr. 2", schlage ich vor.

Sie ist einverstanden und trägt auch gleich meine Wünsche in die Liste mit ein. Als wir die Liste dem Servierteam mitgeben wollen, werden wir eines Besseren belehrt. Dafür sind sie nicht zuständig. Das ist Aufgabe der Dame im blauen Kittel. Sie wird morgen wieder kommen und alles aufnehmen.

Nachdem das Tablett abgeräumt ist, fahre ich die Rückenlehne herunter und stelle mich auf einen kleinen Mittagsschlaf ein. Plötzlich beginnt meine Nachbarin zu sprechen und gibt irgendwelche Anweisungen. Ich habe sie nicht richtig verstanden, richte mich also im Bett auf, um sie besser sehen und vor allem hören zu können. Sie aber liegt ebenfalls flach und hat das Smartphone am Ohr. Sie telefoniert. Als ich mich ermattet wieder auf das Kopfkissen fallen lasse, beendet sie gerade ihr Gespräch und sagt: „Morgen kommt meine Tochter. Dann geht hier die Post ab. Sie werden schon sehen."

Die Augen schon geschlossen, murmele ich: „Wie schön." und gebe mich dem Mittagsschlaf hin.

Als ich wieder zu mir komme, wird gerade das Blutdruckmessgerät ins Zimmer geschoben. „Hallo!" Das nette junge Mädchen habe ich schon gestern gesehen. So allmählich durchschaue ich die Personalstruktur. In drei Schichten arbeiten offensichtlich jeweils examinierte Krankenschwestern, Schwesternschülerinnen und -Schüler unterschiedlicher Lehrjahre, die verschiedene Aufgabenbereiche vertreten, pflegerische und organisatorisch-technische.

Mit den Titeln bin ich mittlerweile nicht ganz up to date, wie ich erfahre. Es werden heutzutage nicht mehr Krankenschwestern sondern Kranken- und Altenpfleger/innen ausgebildet, deren Spezifizierung sich erst im dritten Lehrjahr entscheidet. Die beiden jungen Leute sind offensichtlich erst wenige Wochen hier tätig, denke ich, denn sie tragen grüne Kittel, kommen immer zu zweit und blicken teils forschend, teils ängstlich auf uns Patientinnen.

Mit Blutdruck messen kenne ich mich aus. Die Manschette wird um den Oberarm gelegt, mit Luft aufgepumpt und stagniert, wenn der Wert nicht weiter steigt, bevor der Druck wieder abgelassen wird. Heute ist der Blutdruck sowohl bei meiner Nachbarin als auch bei mir wieder ungewöhnlich hoch. Die angehende Krankenpflegerin meint, das Gerät würde wohl nicht richtig funktionieren. Sie wiederholt die Messung. Das Ergebnis ist geringfügig niedriger, wird nun jedoch für gut befunden und in die Tabelle eingetragen, die für jeden Patienten geführt wird. Frau Meier hat das junge Mädchen in Verdacht, mit dem Gerät nicht richtig umgehen zu können, lässt es aber auf sich beruhen.

Mittlerweile ist es 14.30 Uhr geworden. Die Besuchszeit hat begonnen und ich lausche auf jede Bewegung. Ich muss nicht lange warten bis Robert den Kopf durch die Tür steckt. Ich winke ihm erfreut zu, aber noch bevor er eintreten kann, wird ihm die Türklinke aus der Hand genommen.

Eine attraktive Frau in ziviler Kleidung erkundigt sich nach mir. Als sie gewahr wird, dass ich gerade Besuch bekomme, schickt sie ihn kurzerhand zurück und bittet ihn, in der Besuchernische am Ende des Flurs noch etwas zu warten. Es ist die Physiotherapeutin, die schon avisiert wurde.

Meine Bettnachbarin macht sogleich geltend, dass sie auch eine physiotherapeutische Behandlung für ihren lädierten Arm bekommen solle. Etwas irritiert sieht Frau B., wie sie sich vorstellte, auf Frau Meier und erklärt ihr dann, dass sie davon keine Kenntnis habe und solange kein Arzt sie mit der Aufgabe betraue, auch keine Leistung erbringen dürfe. Leise vor sich hin schimpfend, gibt sich meine Nachbarin zufrieden.

Während dessen inspiziert Frau B. meinen Fuß und fordert mich auf, die Zehen nach oben und unten zu bewegen, sie zu spreizen und damit zu wackeln. Nachdem das zu ihrer Zufrie-denheit erfolgt ist, fragt sie:

„Wollen wir Ihrem Mann auf dem Flur mal Guten Tag sagen?"

Ich lache laut los, denn das kann nur ein Scherz sein. Sie aber meint es tatsächlich ernst.

„Wo ist Ihr linker Schuh?", lautet die nächste Frage.

„Zu Hause, ich bin nur mit einem Hausschuh eingeliefert worden und hatte noch keinen Besuch."

„Ist gar nicht schlimm", antwortet sie. „Ich hole erst mal einen Bock und Rutschis."

Sagt`s und verschwindet. Was für einen Bock? Es kann sich wohl kaum um einen Ziegen- oder Rehbock handeln, denke ich. Kurze Zeit später schiebt sie ein stabiles Gestell ins Zimmer, einem Rollator ähnlich, nur ohne Räder. Sie reicht mir eine rote Socke mit weißen Noppen, die ich über den gesunden Fuß ziehen soll.

„Versuchen Sie, aus dem Bett zu steigen, sich

auf das gesunde Bein zu stellen und auf den Bock zu stützen, ohne den operierten Fuß aufzusetzen."

Ich versuche mein Glück. Mit Schwung hebe ich das linke Bein aus der Schiene und über die Bettkante. Das andere folgt. Ich bin ein bisschen wacklig, schaffe es aber doch, das Gewicht auf das linke Bein zu verlagern, den Bock anzuheben, ihn ein Stück nach vorn zu schieben, mich aufzustützen und einen kleinen Hüpfer zu tun.

„Gut", sagt sie, „jetzt wollen wir Ihren Mann hereinbitten. Sie können ihm schon mal vom Flur aus zuwinken."

Ich hätte es nicht für möglich gehalten, aber es funktioniert tatsächlich. Hüpfer für Hüpfer nähere ich mich der geöffneten Tür, komme auf den Flur hinaus und winke Robert zu. Die Physiotherapeutin begleitet jeden Hüpfer und hält mein Flatterhemd, das ich noch immer trage, von hinten zu, damit es nicht von den Schultern gleitet und zwischen die Beine rutscht.

„Gut gemacht," lobt sie mich, als ich wieder im Bett liege.

„Das können Sie von jetzt an immer tun, bis mein Kollege Ihnen die nächste Übung beibringt."

Leider geht sie am nächsten Tag in Urlaub und kann mich nicht weiter betreuen. Ich wäre ihr am liebsten um den Hals gefallen, denn der Bock bedeutet für mich Freiheit und große Erleichterung. Von nun an kann ich mich von der Bettpfanne verabschieden und jederzeit selbständig ins Bad gehen. Welche Freude!

Robert amüsiert sich über mein Gehopse. aber nachdem er einen Blick auf meinen korallenroten, inzwischen auch blutdurchtränkten, bandagierten Fuß geworfen hat, der nun wieder ordnungsgemäß in der Kunststoffschiene liegt, macht er ein besorgtes Gesicht.

Bevor ich ihm erzählen kann, was ich über die OP und den sich daraus ergebenden weiter folgenden Gesundungsprozess weiß, mischt sich Frau Meier stöhnend in unser Gespräch ein. Sie berichtet Robert von ihrem erfolgreich ausgestandenen Kampf mit dem Klinikpersonal um ihre Aufnahme als Schmerzpatientin.

Robert drückt sein Bedauern aus und rückt gleichzeitig den Besucherstuhl näher an mein Bett. Er hat mir Waschzeug, frische Wäsche und Handtücher mitgebracht. Nachdem alles im Bad und im Schrank verstaut ist, greift er erneut in den Beutel und fördert einige Äpfel von unserem Lieblingsbaum zutage. Wir hatten uns angewöhnt, jeden Morgen nach dem Rundgang einen Apfel frisch vom Baum zu pflücken und zu verspeisen.

Als nächstes kommt sein altes Smartphone ans

Licht einschließlich Ladekabel und Kopfhörer. Er hat extra einen Stick mit ausgewählten Musiktiteln aufgenommen und auf das Smartphone überspielt. Außerdem kann ich damit auch Radio hören und - ganz wichtig - telefonieren. Ich freue mich sehr.

Damit ich zum Laden nicht jedes Mal akrobatische Verrenkungen machen muss, um an die Steckdose zu kommen, schließt Robert das Ladekabel gleich an und legt das Ende über den Nachttisch. Frau Meier hat sein Tun aufmerksam verfolgt.

„Das können Sie bei mir auch gleich machen", meldet sie sich mit befehlsgewohnter Stimme ohne „bitte" oder Fragezeichen.

Robert gehorcht. Danach dürfen wir uns in Ruhe und ohne weitere Unterbrechung unterhalten. Zum Ende der Besuchszeit verabschiedet sich Robert mit dem Versprechen, morgen wieder zu kommen.

Ich nutze die Gelegenheit, die neue Freiheit für einen Hopser ins Bad zu nutzen, solange Robert das Zimmer noch nicht verlassen hat. Es klappt. Er öffnet für mich die Bade-zimmertür und ich hüpfe hinein. Alles andere schaffe ich dann allein.

Sonntag, 25. September
Nach einer weiteren unruhigen Nacht erwache ich noch vor dem allmorgendlichen Fieber messen. Ich beschließe, die Gunst der Stunde zu nutzen und dem Badezimmer einen Besuch abzustatten. Nachdem ich auf der Konsole unter dem Spiegel eine Ecke für mein Zahn-putzzeug frei gemacht habe, ohne die um-fangreiche Kosmetik meiner Bettnachbarin durcheinander zu bringen, gelingt es mir, den Duschhocker so nah an das Waschbecken heran zu ziehen, dass ich das verletzte Bein mit dem Knie darauf ablegen kann. Nun finde ich, auf dem anderen

Bein stehend, einen gewissen Halt und rutsche nicht vom Waschbecken ab. Trotzdem ist die Morgen-toilette ein mühseliges Unterfangen. Ange-sichts des Waschvorganges vom Vortag kommt es mir aber wie der reinste Luxus vor. Ich fühle mich sauber und erfrischt.

Beim Blick in den Spiegel schwindet dieses Gefühl augenblicklich. Wer ist diese alte Frau? Müde graublaue Augen sehen mich aus den von Schlupflidern beinahe verdeckten Augen an. Ich habe nicht den gütigen Gesichtsaus-druck beseelter Großmütter. Ich blicke eher skeptisch oder kritisch. Die Augenbrauen sind ausgedünnt und beinahe farblos. Die ergrauten Haare stehen wirr vom Kopf ab. Wo die Brille endet, haben sich dunkle Augenringe gebildet. Die Haut über der Oberlippe kräuselt sich, eingerahmt von zwei Falten, die sich von der Nase bis zum Kinn hinziehen. Das gibt dem Ganzen einen arroganten Ausdruck. Dabei bin ich weit entfernt davon, mich über andere Menschen zu erheben.

Diese gekräuselte Haut unter der Nase ist wahrscheinlich erblich, denn meine Oma hatte die gleiche Erscheinung. Ich glaubte früher, es sei ein Ausdruck von Vornehmheit. Nein, dieses Gesicht ist nicht für die Titelseite eines Schönheitsmagazins geeignet.

Dabei fühle ich mich noch gar nicht so alt und hässlich. Mein Empfinden von mir ist wohl so zwischen dem 60. und 70. Lebensjahr stehen geblieben. Zu jener Zeit war ich zwar auch keine Schönheit, aber doch noch ganz ansehnlich. Doch der Zahn der Zeit und die Enttäuschungen des Lebens haben eben ihre Spuren hinterlassen.

Vergeblich versuche ich, die schon leicht fettigen Haare in Form zu bringen und mir zuzulächeln, denn trotz allem bin ich ein optimistischer Mensch. Dann räume ich eilends das Feld, denn ich werde schon in meinem Bett vermisst.

Die tägliche Routine nimmt ihren Lauf. Da heute Sonntag ist, gibt es sogar ein gekochtes Ei zum Frühstück. Visite ist nicht angesagt, aber Frau Meier wird noch einmal von einer Fachkraft mit zusätzlichen Medikamenten versorgt, die ihre Schmerzen eindämmen sollen. Die Küchenfee nimmt die Bestellung für die nächsten zwei Tage auf. Sie rasselt das Angebot herunter, als ob sie einen Wettbewerb im Schnellsprechen gewinnen müsste. Zutreffenderweise heißt sie auch „Schnell", wie ich ihrem Namensschildchen am Revers ihres Kittels entnehmen kann. Sie macht ihrem Namen also alle Ehre. Frau Meier ist clever genug, sie zu bremsen, sodass wir letzten Endes doch in Abwägung der angebotenen Speisen, die für uns geeignete Auswahl treffen können.

Am frühen Nachmittag stellt sich der Therapeut

vor, der meine weitere Betreuung übernehmen soll. Er überzeugt sich davon, dass ich die Zehen gut bewegen kann und lässt es bei dieser Übung bewenden.

Pünktlich um 14.00 Uhr wird die Zimmertür mit Schwung geöffnet und eine attraktive junge Frau stürmt in das Zimmer. Sie ist schwer bepackt mit einer großen Reisetasche und einem prall gefüllten Beutel. Zielstrebig geht sie auf den Tisch in der Ecke zu, legt das Gepäck ab, streift das schwarze lockige Haar zurück, das ihr ins Gesicht gefallen ist und wendet sich uns zu.

Sie erkundigt sich freundlich nach der Ursache meines hiesigen Aufenthaltes und wünscht mir baldige Genesung. Dann begrüßt sie ihre Mutter und instruiert sie über die Dinge, die sie, ihrem Wunsch entsprechend, mitgebracht hat.

Dem Beutel entnimmt sie mehrere Tupperdosen mit mundgerecht zubereitetem rohem

Gemüse, Apfelstücken, Eiersalat, Gurke und einigen Partytomaten. Sie finden kaum Platz auf dem rollbaren Blechkasten. Etliche Flaschen mit Obst- und Gemüsesäften werden auf die Bodenplatte verbannt.

Der Reisetasche entnimmt sie einen exquisiten Bademantel, Ersatzwäsche und einige Oberbekleidungsstücke. Sie werden komplett im Schrank verstaut.

Ersatzbatterien für die Ohrstöpsel und das Tablett kommen in den Schubkasten. Ebenso einige Päckchen Tempotaschentücher und ein Döschen mit Spezialcreme für die Augen.

Frau Meier und ihre Tochter scheinen mit einem längeren Aufenthalt in der Klinik zu rechnen.

Mit raschen Bewegungen und von entsprechenden Kommentaren begleitet, agiert die junge Frau so, als ob sie es gewohnt sei, ihre Mutter in einer medizinischen Einrichtung zu versorgen. Dieser Eindruck wird verstärkt durch die gezielten Fragen nach dem Befinden und den bisherigen medizinischen Verordnungen.

Sie ist sympathisch, hübsch und sprachgewandt und es macht Spaß, ihr zuzusehen und zu hören.

Wie Frau Meier mir später verrät, ist ihre Tochter Eventmanagerin. Als solche kann ich sie mir gut vorstellen. Da ist sie in ihrem Element. So verwundert es auch nicht, dass sie sich freundlich, aber bestimmt mit dem Verweis auf einen dringenden Termin verabschiedet, gleich nachdem alles bespro-chen und verstaut ist. Sie stürmt wie ein frischer Frühlingswind aus dem Zimmer und wäre beinahe mit Robert zusammengeprallt, als der nichtsahnend die Tür öffnet. Nun beginnt meine Besuchszeit.

Freitag, 30. September

Es ist jetzt genau eine Woche her, dass ich mit dem dreifachen Knöchelbruch in die Klinik eingeliefert und sofort operiert wurde.

Heute soll ich entlassen werden. Das ist mein schönstes Geschenk. Ich habe nämlich heute Geburtstag. Vor 81 Jahren erblickte ich das Licht der Welt, wie man so schön sagt.

Die Tage im Krankenhaus sind mir schon lang geworden, denn die Tatsache, dass ich den operierten Fuß nach wie vor in der Plastikschiene lagern muss und nicht belasten darf, erlaubt mir nur wenig Bewegungsfreiheit und Abwechslung. Das Buch ist gelesen. Die Kreuzworträtsel und Sudokus sind schon alle gelöst und die Krankenhausroutine bestimmt den Tagesablauf.

Sie wird allerdings unterbrochen durch die Verlegung Frau Meiers in eine andere Klinik. Nachdem auch nach einer als Ausnahme genehmigten Verabreichung eines Opiats keine

Milderung ihrer Schmerzen zu verzeichnen war, sahen sich die Ärzte außerstande, ihr Leiden zu diagnostizieren, geschweige denn zu lindern. Sie wird am Mittwoch in die Klinik nach Greifswald verlegt, in der sie schon zuvor mit anderem Befund behandelt worden war.

Am **Montag** fand die Visite mit dem Chefarzt und einem ganzen Rattenschwanz von begleitenden Ärzten und Assistenten statt und als Folge davon wurde mein Verband abgenommen und durch drei Pflaster ersetzt nachdem die Wundnähte oberflächlich gereinigt waren. Der Rest des Fußes und vor allem die Zehennägel leuchten bis heute weiterhin in einem kräftigen Orange.

Ich sah zum ersten Mal die drei vernähten Schnitte und war erstaunt, wie klein sie waren. In meiner laienhaften Vorstellung hatte ich einen großen Schnitt quer über den Rist erwartet.

Da der Fuß noch sehr geschwollen war, erhielt ich zunächst alle sechs Stunden einen Eisbeutel zur Anregung des Lymphflusses. Der Eisbeutel kam direkt aus dem Eiskeller und war knochenhart. Erst allmählich taute er durch die Körperwärme auf und passte sich dem Fuß an. Ich bin froh, keine Frostbeulen davon getragen zu haben. Später wurden die Kühlbags abgelöst von einem Kompressor, der pulsierend Luft in eine Manschette pumpte, die mittels Klettverband um den Knöchel gelegt worden war. Ich nannte dieses Gerät für mich insgeheim „Pupsi", denn es machte hörbar „Pff", wenn die Luft entwich.

Als ich das erste Mal aufstehen konnte, hatte ich die wässrige Beule an der rechten Wade entdeckt und sie der Schwester gezeigt. Sie war unverändert und weiterhin nicht schmerzempfindlich. Nur die Haut stremmte etwas. Nun machte ich den Chefarzt darauf aufmerksam. Der aber zeigte keinerlei Beunruhigung.

„So etwas kommt häufig vor als Folge einer Narkose", meinte er nur und hieß die Schwester an, sie zu öffnen und, mit einer Wundsalbe versehen, durch ein Pflaster zu schützen.

Am **Dienstag** brachte der für die Hilfsmittel zuständige Arzt einen grauen Plastikstiefel, der mir anstelle eines Gipsverbandes, der heute zum Glück nicht mehr als Allheilmittel nach einem Bruch angesehen wird, das sichere Wiedererlernen des Gehens unterstützen soll. Dieser Rebound Air Walker steht seitdem ungenutzt neben meinem Bett. Der Physiotherapeut, der mich seit Sonntag betreut, meint, er hätte noch keine Order für eine weitere Behandlung erhalten und ich solle es bei den Zehenübungen belassen.

Am **Mittwoch** wurde ich mit dem Rollstuhl zum MRT befördert. Die Hilfsschwester, die mit dieser Aufgabe betraut war, hatte es sehr eilig. Mir stockte jedes mal der Atem, wenn wir uns einer verschlossenen Tür oder dem Fahrstuhl näherten, aber es ging alles gut. Sie sagte, sie mache diese Fahrten fünfzig mal am Tag und ich könne unbesorgt sein.

Die Röntgenschwester rügte sie allerdings dafür, dass sie mich ohne Laken oder Decke, nur mit meinem Nachthemd bekleidet, über Flure und Gänge gejagt hätte. Mir war es egal. Ich fror nicht und die erstaunten Blicke der wenigen Besucher, denen wir begegneten, störten mich auch nicht.

Zur Auswertung des MRT schob Dr. T., der Chirurg, der mich operiert hatte, einen rollenden Monitor neben mein Bett und erklärte mir ausführlich, was auf dem Bildschirm zu sehen war.

Ich erkannte eine rechteckige Platte am rechten Knöchel, zwei Schrauben mit Spikes, die die linken Knöchelteile zusammenhielten und eine dritte Schraube, die quer von oben nach unten ragte.

Das sehe alles sehr gut aus, meinte der Oberarzt, aber darauf käme es ihm jetzt nicht an. Dann zeigte er auf einen schmalen dunklen Streifen, der nach meinem Dafürhalten zwischen Gelenk und Ferse verlief. Dieser Spalt sei eigentlich zu groß, aber er habe es bei der OP infolge der starken Blutung nicht sehen können. Er wisse nicht, ob sich diese Lücke im Verlaufe des Heilungsprozesses von selbst schließen würde. Er könne auch nicht sagen, welche Folgen es hätte, wenn der Spalt bliebe. Es sei zu überlegen, ob eine sofortige nochmalige Operation eine Änderung herbeiführen solle, wobei dennoch gewisse Zweifel blieben, ob das gelingen würde. Es wäre aber auch denkbar, dass ich den weiteren Verlauf des Heilungsprozesses erst einmal abwarte. In dessen Folge könnte sich die

Lücke eventuell von selbst schließen oder zumindest keine Beschwerden hinterlassen. Die Entscheidung läge nun bei mir.

Da brauchte ich nicht lange zu überlegen. Keinesfalls wollte ich noch einmal auf den OP-Tisch. Dr. T. stimmte zu, behielt sich aller-dings vor, eine Kontrolluntersuchung nach Ablauf der ersten sechs Wochen selbst noch einmal in der Klinik vorzunehmen. Damit können wir beide leben.

Am **Donnerstag** Vormittag eilten zwei Schwestern mit Bettzeug ins Zimmer und beeilten sich, das leer stehende Bett am Fenster bezugsbereit zu machen. Sie waren kaum fertig geworden, als auch schon eine freundliche Person, etwa in meinem Alter, hereingeführt wurde und sich dort ein-quartierte.

Im Gegensatz zu meiner vorherigen Zimmer-genossin war sie kontaktfreudig, aufgeschlos-sen, und gesprächig. Sie stellte sich als Frau

Schwabe vor und teilte sogleich mit, dass sie noch am gleichen Tag ein neues Hüftgelenk bekommen solle. Damit habe sie schon Erfahrung, denn das andere Hüftgelenk war schon ein Jahr zuvor erneuert worden. Sie habe von der hohen Qualität der hiesigen Operateure und dem guten Betreuungsservice in der Klinik gehört und sich daher ent-schlossen, die zweite OP in dieser Klinik machen zu lassen. Nun sei sie gespannt, ob das auch alles so zuträfe.

Zunächst musste sie aber erst einmal eine Enttäuschung hinnehmen, denn ihre Operation wurde auf den Folgetag verschoben. Eine Notoperation nach einem Unfall war da-zwischen gekommen. Ja, so etwas konnte geschehen. Schließlich hatte ich es ja selbst erlebt. Sie nahm es gelassen.

Am Nachmittag wurde ich erneut zum Röntgen kutschiert. Ich kannte die Fahrweise der Schwester nun schon und begab mich unerschrocken auf die Reise. Vor einer Gruppe diskutierender Schwestern und Besucher und vor den rechtwinkligen Kurven betätigte ich mich sicherheitshalber als Warnsignal und gab ein lautstarkes „Tut tut" von mir. Zu Zusammenstößen kam es nicht.

Das Röntgenergebnis fiel positiv für mich aus. Am Nachmittag erschien daraufhin der schon bekannte Physiotherapeut mit zwei Gehhilfen. Er half mir, den ungelenken Stiefel anzu-ziehen, ließ mich am Bettrand sitzen und zunächst einmal mehrere Bogen Papier unter-schreiben, die meine Kenntnis und das Ein-verständnis zur Zuzahlung für den Rebound Air Walker und die Gehhilfen enthielten. Danach händigte er mir die zwei Krücken aus und hieß mich, bis zum Zimmerfenster zu gehen. Den operierten Fuß durfte ich jedoch nicht belasten. Lediglich die Spitze des Stiefels durfte leicht aufgesetzt werden, um die Balance zu halten.

Diese Übung hatte ich mittlerweile schon wiederholt am Bock vollzogen. Es war jedoch etwas ganz Anderes, zwei Armstützen in der Hand zu halten und das Gewicht des Körpers nicht auf vier Stützbeine legen zu können. Demzufolge verlief die ganze Angelegenheit in einem wackligen Hin und Her und nur der feste Arm des Therapeuten, der im letzten Moment zugriff, verhinderte einen erneuten Sturz. Letzten Endes langte ich doch unbe-schadet wieder an meinem Bett an und durfte mich der Krücken und des ungewohnten Stiefels entledigen.

„Das wird schon noch", versicherte der Physiotherapeut, ergriff die unterschriebenen Papiere und eilte flugs aus dem Zimmer.

Heute nun werde ich entlassen. Gleich nach der Visite darf ich das Krankenhaus verlassen. Robert wartet schon auf dem Flur. Er sieht mein ungeschicktes Hantieren mit den Gehstützen und äußert berechtigte Bedenken, dass wir auf diese Weise heil bis zum Auto kommen. Schwester Ingrid empfiehlt, noch einmal den Rollstuhl zu benutzen, was ich dankbar annehme. Diesmal fährt mich Robert in gesittetem Tempo durch die Flure, bewältigt den Fahrstuhl und schiebt mich bis ans Auto, wo ich mich etwas umständlich auf dem Beifahrersitz niederlasse.

Während er den Rollstuhl abgibt, die Gebühr für den Krankenhausaufenthalt bezahlt und die Entlassungspapiere nebst Überweisung zur Weiterbehandlung durch eine örtliche Chirurgin sowie drei Thrombosespritzen und Schmerzmittel für den heutigen Tag und das bevorstehende Wochenende ausgehändigt bekommt, genieße ich die frische Luft und den warmen Sonnenschein, die durch das offene Fenster strömen.

Ich fühle mich befreit und freue mich auf den

heutigen Nachmittag, denn unsere Tochter kommt mit ihrem Mann aus Sachsen zum Geburtstagskaffee. Sie machen ein paar Tage Urlaub an der Müritz und wollten mich und Robert eigentlich mit einer Einladung in ihr Ferienhaus überraschen. Aber das war ja nun in den Brunnen gefallen. So kommen sie kurz entschlossen zu uns. Den Kuchen bringen sie mit. Das ist für mich eine neue Erfahrung, denn sonst bin ich es immer, die alle Gäste bewirtet. Plötzlich wird mir bewusst, dass die Entlassung aus dem Krankenhaus nicht der Weg in die Freiheit ist. Ich bin noch völlig hilflos. Den Fuß darf ich sechs Wochen lang nicht belasten. Er soll weiterhin hoch gelagert und nicht seitlich gedreht werden. Mit den Krücken kann ich noch nicht umgehen. Auf einem Bein kann ich nicht lange stehen.

„Oh, mein Gott, was soll das werden?"

Die erste Prüfung stellt schon die

Eingangstreppe in unser Haus dar. Es ist zwar nur eine Stufe, die in den Vorraum führt, aber mit den Krücken, die ich noch nicht beherrsche, scheint sie unüberwindbar. Robert hat in weiser Voraussicht im Internet einen Bock für mich gekauft, sodass ich mich wenigstens auf vier „Beine" stützen kann, aber selbst das ist kompliziert.

Ich stelle den Bock in die Mitte zwischen Stufe und Flur, Robert greift mir unter die Arme und ich springe mit dem gesunden Bein ab und stemme meine gut 65 Kilo so gut ich kann nach oben. Die erste Hürde ist genommen, aber um in die Wohnung zu gelangen, muss eine weitere Stufe bewältigt werden.

Als ich endlich im Zimmer angekommen bin, bin ich total erschöpft. Auch Robert braucht eine kleine Pause.

Dabei wird uns beiden klar, dass ich unmöglich die steile Treppe bis in unser

Schlafzimmer hinauf „springen" kann. Was tun? Die Kippsessel, die wir für die Fernseh-abende nutzen, sind zum Schlafen nicht geeignet. Aber im Gästezimmer über der Gara-ge steht noch unsere alte Doppelbettcouch. Man kann sie auseinander nehmen. Vorher muss allerdings der Zweisitzer aus dem Wohnzimmer nebst dazugehörigem Sessel in den Wintergarten geräumt werden. Aus dem Geburtstags-Kaffeebesuch wird ein Arbeitsein-satz.

Während ich faul im Fernsehsessel sitze, schleppen Robert und unser Schwiegersohn die Möbelstücke. Die Einzelteile der Gäste-couch werden wieder zusammengebaut und das „Krankenbett" vorbereitet. Unsere Tochter kümmert sich um alles Andere und unterhält sich noch nebenbei mit mir. Sie hat außer dem Kuchen auch gleich einen großen Topf Hühnerfrikassè mitgebracht. Dafür bin ich ihr sehr dankbar, denn dann braucht Robert nicht zu kochen. Das ist nämlich das nächste Problem. In den 58 Jahren unserer Ehe war das Kochen und dafür Einkaufen ausschließlich meine Angelegenheit. Es war für mich keine Strafe. Ich koche gern und ich esse auch gern. Ich probiere auch mal neue Rezepte und Zutaten aus. Dann sind unsere Freunde aus der Rommérunde oftmals die Gourmettester. Bisher habe ich zwar noch keinen Stern, aber immerhin anerkennende Worte bekommen und es ist selten etwas übrig geblieben.

Nun steht Robert urplötzlich vor dieser Aufgabe und sie bereitet ihm arge Kopfschmerzen. Aber er wird alles gut bewältigen. So viel kann ich heute schon sagen. Vorbild sind ihm dabei vielleicht auch unser Sohn und die Schwiegerenkel, die sich dieser Aufgabe aus eigenem Antrieb stellen und uns schon köstlich bewirtet haben.

Als die Zeit für die Thrombosespritze gekommen ist, zeigt sich, dass die Handhabung der Spritze doch nicht so einfach ist, wie es in der Klinik aussah. Eigentlich braucht nur die Kappe von der Nadel gezogen werden, aber die sitzt fest, wie angeklebt. Ich bekomme sie nicht abgezogen. Robert probiert es, unsere Tochter versucht es, aber die Kappe rückt und rührt sich nicht. Wir wollen auch nichts kaputt machen.

Ich versuche, die Spritze von der anderen Seite her zu öffnen, aber das ist natürlich grundverkehrt. Die Folge davon ist, dass das Serum mir entgegenläuft und die Spritze damit unbrauchbar geworden ist. Ja, man kann sich auch dumm anstellen!

Nun muss Robert morgen versuchen, noch einmal eine neue Spritze von der Klinik zu bekommen, denn die Arztpraxis ist am Wochenende nicht besetzt.

Die nächste Spritze öffnet unser Schwiegersohn. Er hat damit schon Erfahrung, denn er hatte vor nicht allzu langer Zeit einen komplizierten Armbruch und musste sich ebenfalls eine Zeit lang selber spritzen. Er umfasst die Kappe mit festem Griff und zieht sie mit einem Ruck von der Nadel. Später gelingt auch mir das ohne Probleme.

Der Pieks in den Bauch unweit des Nabels ist kaum spürbar. Wenn es am Folgetag keinen blauen Fleck geben würde, wüsste ich gar nicht, ob ich sie mir verabreicht habe oder nicht. Nach einer Woche wird mein Bauch in gedämpften Tönen von Blau über Grün bis Gelb gefärbt sein. Aber das macht nichts. Ich trage ihn schließlich nicht zur Schau.

Nach dem gemeinsamen Kaffeetrinken verabschieden sich unsere Kinder, nicht ohne tausend gut gemeinte Ratschläge und Warnung vor Leichtsinn und übereifrigem „Gehopse".

Obwohl ich den ganzen Tag nichts gemacht habe, fühle ich mich erschöpft. Das Bett ist schon gemacht. Aber den Stiefel kann und will ich nicht anlassen. Um den Fuß trotzdem in eine gewisse Zwangslage zu bringen, damit er hoch gelagert werden kann und nicht seitlich weg kippt, bastelt mir Robert aus einem festen Schuhkarton mit einer gepolsterten Einlage aus Noppenfolie und einem Frottiertuch eine „Schiene", die der im Krankenhaus nur wenig nachsteht. Zwar kann ich auch hier nur auf dem Rücken liegen, aber das bin ich mittlerweile schon gewöhnt.

Dabei fällt mir ein, wie mir die Nerven am Tag nach der OP im Krankenhaus einen Streich gespielt haben. Ich war schon eingeschlafen und hatte plötzlich das Gefühl, dass ich auf der Seite liege und meine Beine übereinander schlage. Erschreckt bin ich aufgewacht und habe nach meinen Füßen gesehen. Aber die lagen ordentlich, wie es sich gehörte, der eine in der Schiene und der andere flach daneben auf dem Bett.

Nun habe ich also eine Fußhalterung in meinem Bett und kann unbesorgt den Stiefel ausziehen.

Dienstag, 4. Oktober

In den ersten zwei Nächten schläft Robert neben mir auf der Schlafcouch. Er wacht natürlich auf, sobald ich mich rege, um aus dem Bett an den Bock zu kommen und zur Toilette hopsen zu können. Er begleitet mich, öffnet und schließt die Tür zwischen Küche und Bad und richtet das Deckbett nach meiner Rückkehr.

Den morgendlichen Waschprozess bestreite ich am Waschbecken, vor das mir Robert den Plastikhocker gerückt hat, damit ich das rechte Knie darauf ablegen kann. Das Anziehen unterstützt er, indem er mir die Socken und die Hose überstreift und die Füße in Schuh und Stiefel zwängt. Das Aufstehen kann ich dann mittels Bock schon ganz gut allein.

Der Frühstückstisch ist schon gedeckt, wenn ich aus dem Bad komme. Ich könnte auch nichts dazu beitragen, denn ich muss meine ganze Kraft auf den Bock konzentrieren, um Hüpfer auf Hüpfer an den Tisch zu kommen. Dort lasse ich mich auf den für mich bereit gestellten Stuhl plumpsen und strecke das Bein mit dem Stiefel lang aus, um es ja keiner etwaigen Belastung auszusetzen.

Da Montag der 3. Oktober und somit Feiertag war, ist mein erster Vorstellungstermin bei der weiter behandelnden Chirurgin für heute angesetzt. In die Praxis nach Ribnitz kann ich natürlich nicht mit dem Bock gefahren werden. Dazu sind letztlich ja auch die Gehhilfen da. Daher übe ich deren Hand-habung nach dem Frühstück in der Wohnung. Da fühle ich mich schon etwas sicherer, was die Balance betrifft. Bei den Stufen, die aus der Küche und aus dem Haus führen, fängt Robert mich auf und hält mich fest, damit ich nicht vornüber oder nach hinten kippe. Der Weg bis zum Auto ist kurz, aber sehr uneben, teils mit ungleichen Gehwegplatten belegt, teils mit Gras bewachsen. Wer hat bei seiner Anlage schon an Gehbehinderung gedacht!

Es dauert ein Weilchen, bis ich im Auto sitze, die Krücken verstaut sind und Robert vom Hof fährt.

Die chirurgische Praxis befindet sich im Hochparterre. Sie ist glücklicherweise auf gehbehinderte Patienten eingestellt und besitzt einen Fahrstuhl, der vom Parkplatz direkt in die Aufnahme führt.

Es besteht noch Maskenpflicht, was dazu führt, dass meine Brille beschlägt, sobald ich ins Warme komme. Unbeholfen und wacklig erreiche ich mit Roberts und einer Schwester Hilfe den Warteraum. Da mir die Krücken zu Hause schon mehrfach entglitten sind, sobald ich sie irgendwo abstellen wollte, halte ich sie fest zwischen meine Beine geklemmt. Es dauert auch gar nicht lange, bis ich aufgerufen werde und eine Schwester mich in den Behandlungsraum begleitet.

Es sind bereits zwölf Tage seit der Operation vergangen. Das soeben gemachte Röntgenbild bestätigt einen normalen Heilungsprozess. Die Narben sind gut verheilt Nun sollen die Fäden gezogen werden. Das ist eine Angelegenheit von wenigen Minuten. Dann werden mir drei frische Pflaster auf die Wunden geklebt. Auch das Pflaster an der Wade wird erneuert. Die Haut ringsum sieht wie verbrannt aus, aber ich habe keinerlei Schmerzen. Mit einer Verordnung für häusliche Physiotherapie, einen Antrag auf Haushaltsunterstützung, einem Rezept für Schmerztabletten und einem für Thrombose-spritzen kann ich die Praxis schon nach kurzer Visite wieder verlassen.

Der nächste Termin ist in vier Wochen. Bis dahin darf der Fuß, weiterhin nicht belastet werden. Ich darf ihn, wie gehabt, nur mit der Zehenspitze aufsetzen und muss ihn weiter hoch lagern.

Beruhigt, aber nicht unbedingt erleichtert treten wir die Heimfahrt an.

Mittwoch, 5. Oktober

Robert hat heute Nacht wieder in seinem normalen Bett unter der Dachschräge geschlafen. Er weiß nun, dass ich nachts allein mit dem Bock zurecht komme. Die Schlafcouch ist auch keine Dauerlösung, denn die Sitzpolster sind schon sehr durchgesessen. Außerdem schnarche ich. Das ist keine Unterstellung. Das merke ich selbst, wenn ich nachts raus muss. Dann habe ich einen ganz trockenen Hals. Es ist so, weil ich nur auf dem Rücken schlafen kann.

Ich bin leider noch nicht in der Lage, mich allein vollständig anzuziehen. Bei der Hose, dem Schuh und den Socken muss Robert weiterhin Hilfestellung leisten.

Auch das Kochen muss er noch alleine bewerkstelligen. Immerhin kann ich schon mal Anweisungen geben, was die Einkaufsliste, die Rezeptur der Speisen und die Fundorte notwendiger Haushaltsgerätschaften betrifft.

Ich weiß, dass Robert das nervt, aber zur Zeit ist noch keine andere Lösung in Sicht.

Auch ich bin nervlich angespannt. Noch nie habe ich mich so hilflos gefühlt, wie in diesen Tagen.

Aber wenigstens die Haushaltshilfe habe ich beantragt und auch schon eine Einrichtung in unserer Nähe gefunden, die bereit ist, die Leistung zu übernehmen, sofern die Krankenkasse dem zugestimmt hat.

Vorab hat sie schon mal eine Reinigungskraft

zu uns geschickt, um die Örtlichkeit zu inspizieren, sowie die notwendigen Aufgaben und Termine abzustimmen. Die gute Frau macht auch nicht viel Federlesen, lässt sich Putzmaterial und Reinigungsgeräte von mir aushändigen und macht sich flink an die Arbeit. Dabei stellt sie ununterbrochen Fragen: nach meinem Unfall, meiner früheren beruflichen Tätigkeit, meinen Familienver-hältnissen und sonstigen Gewohnheiten.

Es ist gut, dass Robert zu dem Zeitpunkt gerade zum Einkaufen unterwegs ist, denn das würde ihm gar nicht gefallen. Auch ich bin nicht gewillt, auf alle diese Fragen eine Antwort zu geben. Deshalb bleibe ich eher einsilbig und stelle entsprechende Gegen-fragen, die sie auch gerne beantwortet.

Sie berichtet detailliert von ihren Patienten, die sie betreut und was sie sonst noch für Aufgaben für wen übernommen hat.

Während dessen hat sie – husch, husch – in kaum einer Stunde die Küche, das Bad, das Arbeitszimmer und das Wohnzimmer gefegt und gewischt, ohne in die Ecken oder unter die Tische, Stühle und Schränke zu sehen. Das Staubwischen wolle sie sich für das nächste Mal aufheben, sagt sie und verabschiedet sich in dem Moment, wo Robert auf den Hof fährt.
Ich berichte ihm von der neuen Haushaltshilfe. Wir sind uneins, ob wir diese Art von Hilfe wirklich wollen.
Die Entscheidung wird uns durch die Krankenkasse abgenommen. Sie lehnt eine Haushaltshilfe generell ab. Als Begründung gibt sie an, dass ich ja keine Pflegestufe hätte. Eine zeitlich begrenzte Pflegestufe für die Dauer meiner Beeinträchtigung gäbe es nicht. Zudem aber hätte ich einen Mitbewohner in Gestalt meines Ehemannes. Sein Alter von 81 Jahren spiele hierbei keine Rolle. Es sei denn,

er könne einen ärztlichen Bescheid erbringen, der ihn aus medizinischer Sicht für unfähig erklären würde, dieses bisschen Haushalt zu erledigen. Den hat er natürlich nicht. Er ist auch nicht bereit, seinen Arzt, der ihn schon seit Jahren wegen seines Herzens betreut, um einen solchen zu bitten. Außerdem ist das gegenwärtig gar nicht möglich, denn die Praxis ist wegen Urlaubs geschlossen.

Das haben wir nun davon, dass wir uns Zeit unseres Lebens um eine gesunde Lebensweise bemüht haben. Wir haben einen ziemlich ausgewogenen Speiseplan und sportliche Aktivitäten vorzuweisen, aber das nützt uns in der jetzigen Situation gar nicht. Was wir jetzt bräuchten wäre eine Pflegestufe.

Die gleichen Argumente bekomme ich dann vier Wochen später noch einmal zu hören, als ich um einen Fahrdienst bitte.

Ich rufe die Einrichtung an, die die häusliche

Pflege vermittelt hat und teile die Absage der Krankenkasse mit. Dass ich die bereits erbrachte Leistung nun als Privatperson bezahlen soll, ist mir klar. Deshalb bedanke ich mich für den guten Willen, den sie gezeigt haben und verabschiede mich.

Das Telefon ist heute im Dauerdienst. Schon seit den frühen Morgenstunden bemühe ich mich, eine Physiotherapie zu finden, die meine Behandlung kurzfristig aufnimmt. Dass ich keinen Hausbesuch zu erwarten habe, wird mir schon nach den ersten negativen Bescheiden klar. Die Physiotherapeutin, bei der ich schon seit langer Zeit wegen meiner Hüftbeschwerden in Behandlung bin, ist an Corona erkrankt und fällt für die nächsten zehn Tage aus. Ich kann mit der Therapie nicht ewig warten, denn der Fuß muss fachgerecht bewegt werden und die Muskulatur im rechten Bein muss wieder aufgebaut werden.

Nach dem - gefühlt - hundertsten Anruf höre ich das erste Mal kein sofortiges „Nein". Ich schöpfe Mut und verlege mich auf's Jammern, um meinem Ersuchen mehr Nachdruck zu verleihen. Ja, es klappt. Ich kann in einer Woche zu einem ersten Termin vorstellig werden. Alle weiteren werden sich dann finden. Endlich! Ich bin beinahe euphorisch, denn es ist eine Physiotherapie, in der ich schon vor etlichen Jahren einmal „Kundin" war und von deren Leistung ich sehr angetan bin.

So endet dieser Tag sogar noch mit einem Erfolgserlebnis.

Mittwoch, 25.Oktober

Der zweite Arztbesuch bei der Chirurgin in Ribnitz steht an.

Robert überredet mich, auf den Fahrstuhl zu verzichten und stattdessen die zwei Eingangsstufen auf der Vorderseite des Ärztehauses zu benutzen, um in die Praxis zu kommen.

An den zwei Krücken humpelnd, geht es langsam vom Parkplatz hinter dem Gebäude bis zum Haupteingang. Die zwei Stufen entpuppen sich als eine kurze Treppe mit fünf Stufen. Mühsam erklimme ich, mit der linken Hand am Geländer und die Krücke in der Rechten, diese Hürde. Ich bin wütend, weil ich mich von Robert überlistet glaube.

Oben angekommen, stehen wir vor verschlossener Tür. Ein kleiner Zettel informiert, dass die Praxis aus Krankheitsgründen bis auf Weiteres geschlossen bleibt. Na toll!

Ich kann nicht fassen, dass es nicht für nötig erachtet wurde, die bestellten Patienten zu informieren. Inzwischen sind noch zwei weitere Personen eingetroffen, die ebenso kalt erwischt wurden, wie wir.

Hinter der geschlossenen Tür vernehme ich Stimmen. Also ist doch jemand da. Ich klopfe an, aber es rührt sich nichts. Ich versuche es noch einmal und nehme beim dritten Mal sogar die Krücke zu Hilfe, aber die Tür bleibt zu und es reagiert auch niemand, obwohl ganz deutlich hörbar, drinnen telefoniert wird. Ich hatte gehofft, wenigstens den Fahrstuhl nach unten benutzen zu können, wenn schon keine Behandlung an dem Tage möglich war. Aber nichts dergleichen. Die Praxis bleibt geschlossen und stumm.

Die Prozedur des fünfstufigen Abstiegs ist kaum zu beschreiben. Zunächst werden die Gehstützen nach unten befördert und an die Wand gelehnt. Dann halte ich mich mit der rechten Hand am Geländer fest, während Robert mir mit beiden Händen unter die linke Achsel greift und mich anhebt, damit ich den linken Fuß abwärts bewegen kann. Den rechten darf ich ja immer noch nicht belasten. Meine Stimmung ist nicht besser geworden, aber ich verkneife mir weitere Vorwürfe, denn es ist mir bewusst, dass Robert genauso frustriert ist, wie ich.

Wieder zu Hause angekommen, rufe ich sogleich in der Praxis an, denn es war ja jemand anwesend gewesen.

Erstaunlicherweise meldet sich nach kurzem Klingeln die Arzthelferin. Ich mache meinem Ärger Luft. Kleinlaut rechtfertigt sie sich damit, dass sie ja gleich zu Dienstbeginn versucht hätte, uns telefonisch zu erreichen, aber es hätte keiner abgenommen. Natürlich nicht. Wir waren ja schon unterwegs nach Ribnitz. Und warum hat sie nicht auf das Klopfen an der Tür reagiert? Sie dürfe die Tür nicht öffnen, sagt sie. Die Praxis sei wegen Corona geschlossen und sie selbst in Quarantäne.

Da ich mich nun verbal entladen habe, ist mein Zorn verraucht. Ich bin wieder in der Lage, sachlich zu reagieren. Gegen Corona kann man nichts machen. Sie verspricht, mich rechtzeitig über einen zeitnahen neuen Termin zu informieren, sobald die Praxis wieder tätig werden dürfe. Bis dahin bleibt alles, wie gehabt. Das heißt, dass Robert weiterhin mein Pfleger, Koch, Einkäufer, Kraftfahrer und Haushaltshilfe bleiben muss. Darüber hinaus hat er aber auch im Garten noch zu tun. Durch die immer noch ungewöhnlich warme Witterung ist das Gras wieder gewachsen und muss gemäht werden.

Der Apfelbaum hängt voller reifer Früchte, die geerntet werden wollen und zu einem gewissen Teil zu Most verarbeitet werden sollen. Einige Sträucher benötigen den Herbstschnitt.

Dazu kommen die Sprachkurse und Treffen mit Asylbewerbern, die Robert regelmäßig, zweimal wöchentlich in Anspruch nehmen.

Unsere freundlichen Nachbarn haben ihre Hilfe angeboten, aber es gibt mit Ausnahme einiger

Einkäufe keine Aufgaben, die wir ihnen übertragen könnten. Sie sind berufstätig und daher zeitlich nicht immer erreichbar. In ihrer begrenzten Freizeit haben sie genug mit ihren eigenen Grundstücken und den Tieren zu tun.

Apropos Tiere – seit unsere Leipziger Nachbarin ihren Sommeraufenthalt vor vier Wochen beendet hat, versorgen wir oder besser gesagt, versorgt Robert neben unserem Kater auch noch ihre zwei Katzen, die, wie in jedem Jahr, bei uns den Winter verbringen.

Ich habe große Sorge, dass Robert irgendwann dem Stress erliegt. Vier Kilo hat er schon abgenommen und seine Nerven liegen blank.

Deshalb bemühe ich mich, mit Hilfe des Bocks wenigstens einen Teil des Haushalts zu übernehmen. Lange halte ich es, auf einem Bein stehend, allerdings nicht aus. Dazu kommt, dass das stete Aufstützen auf den Bock meine Schultern und Handgelenke unge-wöhnlich belastet und zum Teil mehr Schmerzen verursacht, als der heilende Fuß. An den Handballen haben sich schon Schwielen gebildet.

Trotzdem bin ich froh, wenigstens auf diese Weise etwas beweglich sein zu können.

Mittwoch, 4. November

Heute habe ich einen vollen Terminplan. Um 10.00 Uhr bin ich bei der behandelnden Chirurgin bestellt, die ein erneutes Röntgenbild veranlasst, denn die veranschlagten sechs Wochen des Heilungsprozesses sind längst um. Die Röntgenaufnahmen fallen positiv aus.

Die Belastung des Fußes beschränkt sich aber nach wie vor auf das kurze Antippen mit der Fußspitze. Mit den Gehhilfen komme ich aber mittlerweile schon ganz gut zurecht, sodass ich im Garten schon eine kleine Runde ohne Roberts Hilfe schaffe.

Um 13.00 Uhr werde ich im Krankenhaus bei dem Dr.T. vorstellig, der sich, wie besprochen, den heutigen Zustand intensiv betrachtet und ebenfalls mit dem zufrieden ist, was er da auf dem Bild und vor sich im Sprechzimmer sieht. Eine weitere Kontrolle durch ihn erscheint nicht nötig.

Nach einer kurzen Verschnaufpause zu Hause, fährt mich Robert um 17.30 Uhr zur Physiotherapie nach Ribnitz.

Es ist nicht die erste Behandlung, die ich gezielt erfahre und die ist teils recht schmerz-haft, aber, wie ich im Nachhinein feststelle, äußerst wirksam. Sie zielt darauf ab, die Muskulatur im Fuß und um die Knöchel wieder in Gang zu bringen, sie zu dehnen und zu strecken. Außerdem führt eine sanfte Fußmassage zu einem besseren Lymphfluß und dem allmählichen Rückgang der Schwellung in Fuß und Wade. Später wird die Massage durch das

Anlegen von Stripes ersetzt.

Von nun an geht es langsam, aber stetig voran.

Der ersten Physiotherapieverordnung folgt eine zweite, die ich wieder in meiner angestammten Einrichtung in Marlow wahrnehmen kann. Gern wäre ich auch weiter zur Behandlung in Ribnitz geblieben, aber die Physiotherapeutin geht in Urlaub und da wäre ein Wechsel ohnehin erforderlich gewesen.

Nach zehn Wochen darf ich endlich den Rebound Air Walker beiseite stellen und den Fuß mit der ganzen Sohle aufsetzen.

Kurze Zeit später beginnt das Belastungstraining. Schon bald stelle ich den Bock beiseite und bewege mich, mehr oder weniger humpelnd, an einer Krücke durch die Wohnung.

Nach zwölf Wochen übe ich unter Roberts Aufsicht das Treppen steigen - langsam - Stufe für Stufe.

Nach vierzehn Wochen kann ich im Haus die

Krücken ganz weglassen und mich, zwar humpelnd, aber doch sicher bewegen. Für die Arztbesuche und Therapiestunden führe ich sicherheitshalber noch einen Krückstock bei mir. Das ist aber nur eine Frage der Zeit, bis ich auch darauf verzichte.

Noch im alten Jahr starte ich den ersten Versuch, wieder eigenständig Auto zu fahren. Das ist eine erhebliche Erleichterung für mich, wie auch für Robert, denn nun kann ich wieder selbst überall hingelangen. Robert hat nun mehr Zeit für seine eigenen Termine und muss nicht ständig für mich zur Verfügung stehen. Ich bin ihm sehr dankbar, dass er mir in den vergangenen Wochen ohne Klagen beigestanden und die für ihn ungewohnten Aufgaben gut bewältigt hat.

Der operierte Fuß bereitet mir kaum Beschwerden. Nur manchmal ziept es an den Stellen, wo die Metallteile in den verheilten

Knochen verblieben sind.

Mehr Probleme bereitet mir das rechte Hüftgelenk. Schon seit Jahren habe ich als Folge eines Lendenwirbelschadens muskuläre Beeinträchtigungen auf dieser Seite. Manuelle Therapie und viel Bewegung hatten die Schmerzen auf ein Minimum reduziert.

Durch den Unfall fiel Letzteres mit einem Schlag weg. Ich konnte weder die morgendlichen flotten Spaziergänge absolvieren, noch meine Teilnahme am Kurs der AWO „Fit durch Tanzen" wahrnehmen. Den gerade im September begonnenen Volkshochschulkurs „Feldenkreis" musste ich abbrechen.

Stattdessen lag oder saß ich stunden- und tagelang beinahe bewegungslos herum. Es ist klar, dass das meinen Gelenken nicht gut bekommen ist und in besonderem Maße hat mein Hüftgelenk gelitten, denn die Muskulatur wurde abwärts bis zum Knöchel lahm gelegt.

Die nächste Physiotherapie, die ich erhalte, bezieht daher das Hüftgelenk und die entsprechende Muskulatur mit ein.

„Meine" Physiotherapeutin kennt mich seit Langem und weiß, worauf es bei mir an-kommt. Mit ihren einfühlsamen Händen hat sie schon oft meine Beschwerden gelindert. Sie kann aber auch kräftig zupacken, wenn es darauf ankommt, verhärtete Muskelpartien zu entkrampfen.

Von Mal zu Mal verspüre ich die Besserung. Ich trainiere auch fleißig zu Hause, mache alle Übungen, die mir angeraten werden und bin guten Mutes, dass ich es bis zum Frühjahr schaffe, wieder ohne zu humpeln auf den Beinen zu sein.

Ob die Metallteile in meinem Körper verbleiben oder eine erneute Operation erforderlich wird, soll sich erst im September entscheiden. Dann ist ein Jahr nach dem Unfall und dessen Behandlung vergangen und dann wird man weiter sehen. Auf eine weitere OP und die anschließende Schonzeit bin ich nicht scharf.

Die Kassiererin in der Kaufhalle würde mir wohl dazu raten, denn ich löse immer einen schrillen Alarmton aus, wenn ich beim Verlassen der Einkaufsstätte zu dicht an den unsichtbaren Sensoren vorbei gehe.

Aber das ist das Kleinste aller Übel. Eine Leibesvisitation wurde bis jetzt nicht veranlasst. Es wäre interessant, zu erfahren, ob ich bei einer Flugreise problemlos durch die Pass- und Zollkontrolle kommen würde oder ob ich die Röntgenaufnahmen aus der Klinik zur Sicherheit dabei haben sollte.

Derlei Überlegungen sind verfrüht, aber ein bisschen Spekulation ist sicher erlaubt.

Vorerst muss ich mich darauf konzentrieren, die Beweglichkeit des Knöchelgelenks weiter zu erhöhen, die Treppenstufen auch abwärts wie ein gesunder Mensch zu nehmen und den humpelnden Gang einzustellen.

Deshalb ist oberstes Gebot:

Üben, Üben, Üben!

BEGLEITUNG

Gestern Abend ist sie gestorben.

Ich wusste es.

Als ich sie am Vormittag besuchte, lag sie flach in ihrem Bett. Ihre graublauen Augen waren an die Decke gerichtet. Ihr Blick ging ins Leere.

Das Gesicht war noch schmaler als sonst und die Haut durchsichtig, fast wächsern. Wie jedes Mal nahm ich ihre Hand – kaum mehr als Haut und Knochen – und begann, sie zart zu streicheln.

Sie nahm mich als Person nicht mehr wahr, aber sie muss gespürt haben, dass jemand bei ihr ist, denn ihr Atem wurde ruhiger. Ihre Lider senkten sich bis auf eine schmale Öffnung. Mir war, als seien ihre Augen heller geworden mit einem Schimmer ins Grau-Grüne. Aber der Blick war tief nach innen gerichtet. Ihr Atem war kaum noch zu hören. Ich beobachtete ihre Halsschlagader, um sicher zu gehen, dass sie noch lebte.

Ich hatte noch nie einen Menschen sterben

sehen. Dennoch wusste ich, dass sie bereits zwischen den Welten schwebte. Ich kann es nicht begründen. Ich wusste es einfach.
Sie war meine erste Hospizbegleitung nach dem einjährigen Lehrgang.

Ich kannte sie nicht. Ich wusste fast nichts von ihr. Nur das, was auf dem Blatt für mich als Begleiterin stand: Name, Vorname, 93 Jahre alt, kein schweres Leiden.
Man hatte mir gesagt, dass sie nicht so gern spricht und dass sie keinen Besuch bekommt, außer gelegentlich von ihrem Schwiegersohn. Unsere ersten Begegnungen verliefen überwiegend in gemeinsamem Schweigen. Es fiel mir nicht schwer, einfach nur ihre Hand zu halten und sie sanft zu streicheln. Mit ihren zarten Gesichtszügen und den weißen Haaren erinnerte sie mich an meine Mutter.

Kein Wunder, dass meine Gedanken abschweiften. Erschrocken musste ich feststellen, dass ich über den Tod meiner Mutter nichts weiß. Sie wurde auch 93 Jahre alt und lebte zuletzt in einem katholischen Pflegeheim am Stadtrand von München, unweit der Wohnung meiner Schwester.

Aber wie ist sie gestorben? War es das Alter oder hatte sie zuletzt noch ein Leiden? War sie im Heim oder in einer Klinik? War jemand bei ihr? Hatte sie Schmerzen oder ist sie friedlich eingeschlafen?

Warum weiß ich das alles nicht?

Es war für mich bisher nicht von Belang. Wir hatten nie das enge Mutter-Tochter-Verhältnis, das ich mir einst gewünscht hatte.

Bis zu meinem zehnten Lebensjahr lebte ich bei meinen Großeltern in Dresden, meinem Geburtsort.

Mein Vater war nach der Schlacht bei

Stalingrad vermisst und später für tot erklärt worden. Ich war neun Monate alt, als er das letzte Mal auf Heimaturlaub kam. Als ich dann im vorpubertären Alter zu meiner Mutter und ihrem neuen Mann, den ich Vati nannte, nach Luckenwalde umzog, wurde im gleichen Jahr meine Schwester geboren. Sie ist das eigentliche Kind meiner Mutter. In mir sah sie eher eine jüngere Schwester. Trotzdem habe ich sie geliebt, wenn auch auf eine distanzierte Weise. Es gibt viele Arten von Liebe, glaube ich.

Mehr als meine Mutter habe ich meine Oma geliebt. Aber auch über ihren Tod weiß ich nichts.

Und von ihrem Leben könnte ich auch nicht viel berichten. Sie konnte gut kochen, legte großen Wert auf einen guten Ruf, schwatzte aber gern im Hausflur mit der Nachbarin. Sie pflegte eine enge Verbindung zu ihrer Schwester und deren Familie, die in Pirna wohnte. In den

Sommermonaten fuhren wir regelmäßig mit dem Raddampfer auf der Elbe bis Pirna, um sie zu besuchen.

Meinen Opa sehe ich in der Erinnerung morgens am Frühstückstisch seine Mehlsuppe löffeln und abends vor dem „Volksempfänger" den Nachrichten lauschen. Bei den sonn-täglichen Spaziergängen ging er stets drei Schritte voraus. Aus Erzählungen weiß ich, dass er bis Kriegsende Angestellter in der Dresdner Bank war. Er wurde entlassen und arbeitete einige Jahre in einem Betrieb, der Kunststoffdosen für Schuhcreme herstellte am Band. Dabei verlor er den linken Mittelfinger. Später durfte er wieder bei der Bank arbeiten – als Nachtwächter. Natürlich haderte er mit seinem Los, aber nie in meiner Gegenwart. Ich wüsste nicht zu sagen, dass er sich jemals mit mir unterhalten oder beschäftigt hätte.

Über seinen Tod allerdings weiß ich mehr zu

sagen als bei allen anderen Verstorbenen meiner Familie. Er starb im Krankenhaus an einer Embolie nach einer Magenoperation im Alter von 67 Jahren. Bis heute ist mir seine Beisetzung auf dem Dorotheenstädtischen Friedhof und die anschließende Trauerfeier in einer nahe gelegenen Gaststätte in unangenehmer Erinnerung. Ich konnte als 18-Jährige nicht begreifen, dass meine Oma und die Verwandtschaft bei Kaffee und Kuchen muntere Gespräche führen und lachen konnten, während sie noch eine Stunde zuvor weinend am Grab gestanden hatten.

Ich war traurig, obwohl ich ihn kaum richtig kannte und lange Jahre zuvor nicht gesehen hatte.

Inzwischen habe ich während meiner Ausbildung als Begleiterin einiges über Trauerarbeit gelernt und kenne auch die alten Traditionen. Ich weiß, dass es befreiend wirken kann, in geselliger Runde des Verstorbenen zu gedenken und Episoden aus seinem Leben erstehen zu lassen.

Es war mir auch schon gelungen, eine gelassenere Haltung an den Tag zu legen als mein Schwiegervater starb. Damals glaubte ich beinahe an eine höhere Fügung als der Blitz genau in dem Moment neben der Kirche einschlug, als der Pastor seine Rede auf das Haus brachte, das die letzten Jahre als Zankapfel zwischen meinem Schwiegervater und dem Bruder meines Mannes stand. Leider hat „der liebe Gott" nichts bewirkt, denn der Streit eskalierte später.

Die Trauerfeier verlief ähnlich wie bei meinem Opa. Aber die Gräben, die in der hinterlassenen Familie bestanden, konnten weder die Trauer noch der Alkohol übertünchen.

Das Gefühl, beobachtet zu werden, unterbrach

meine Gedankengänge. In der Tat. Sie hatte den Kopf unmerklich in meine Richtung gedreht und sah mich prüfend an. Ihre Mundwinkel verzogen sich zu einem kleinen Lächeln. Aber sie sprach noch immer kein Wort. Ich nahm mich zusammen und erzählte ihr etwas von mir. Ich wollte, dass sie Vertrauen zu mir fasste.

Eine Stunde später fragte ich sie, ob ich denn wiederkommen dürfe. Ich war froh und erleichtert als sie nickte.

Im Verlauf der folgenden Besuche entwickelte sich eine gewisse Vertrautheit zwischen uns. Ich erkannte ihre kleinen Wünsche. Sie sprach mit mir, wenn es ihre Kräfte zuließen.

Bei einem meiner letzten Besuche klagte sie über heftige Schmerzen im Bein, wollte jedoch keine Behandlung durch einen der Pfleger. Vorsichtig begann ich, das Bein zu massieren. Gleichzeitig versuchte ich, sie abzulenken. Eigentümlicherweise fiel mir kein besseres

Thema als das Tanzen ein. Sie hauchte ein schwaches „Ja" als ich sie fragte, ob sie in ihrer Jugend gern getanzt hätte.

„Walzer, Tango, Foxtrott oder Charleston?" „Tango", war ihre Antwort.

Ja, das konnte ich mir gut vorstellen. Sie war auch jetzt eine schmale, zierliche Person. Im Geiste sah ich sie, sich im Tango-Rhythmus biegen und elegant die Beine schwingen. Ich sagte es ihr und sie lächelte zaghaft.

Ich weiß, dass Tanzen etwas ganz Wunderbares ist. Es bringt den ganzen Körper in Bewegung, ist gut für die Gelenke und trainiert auch noch den Kopf. Dazu kommt das Wohlgefühl durch die Musik und die Geselligkeit mit Gleichgesinnten. Deshalb fahre ich auch jede Woche nach Ribnitz zur AWO.

„Fit durch tanzen" heißt das Motto und ich freue mich jedes Mal auf die 90 Minuten rhythmische Bewegung, wenngleich es mir heute nicht mehr so leicht fällt, wie noch vor zehn Jahren, als ich damit begonnen habe. Es passiert mir immer öfter, dass ich Elemente der vielen verschiedenen Choreographien der einzelnen Block-, Kreis- oder Paartänze durcheinander bringe. Aber da bin ich nicht alleine, denn das Durchschnittsalter der „Tänzerinnen" - wir sind nur Frauen – liegt etwa bei 65. Da kann das schon mal passieren. Wir nehmen es locker.

Sie hatte aufgehört, zu jammern. Die Schmerzen im Bein hatten vielleicht etwas nachgelassen. Vielleicht war es mir aber auch gelungen, ihre Gedanken in eine andere Richtung zu lenken. Jetzt musst du weiter machen, sagte ich mir. Das Thema war noch nicht erschöpft. Ich erzählte ihr von meinem"Gastspiel" an der Ballettschule von Gret Palucca.in Dresden.

Als ich etwa vier Jahre alt war, meldete mich meine Oma in der Ballettschule an, die nach dem Ende des Krieges gerade wieder eröffnet worden war. Ich war recht gelenkig und überaus lebendig, um nicht zappelig zu sagen. Ich glaube, meine Oma wollte diese Bewegungsfreude in etwas geordnete Bahnen lenken. Mit der Anmeldung war es allerdings nicht getan. Es sollte auch das erforderliche Outfit vorhanden sein. Ein schwarzer, schwingender Rock – möglichst aus eingefärbter Fallschirmseide – und ein weißes Trikot. Das Trikot ließ sich auftreiben, aber woher sollte meine Oma Fallschirmseide beziehen? Die Lage war aussichtslos, aber aufgeben war ihre Sache nicht. Da hatte ihre Schwester die glorreiche Idee, den schwarzen Seidenbezug von Opas großem Regenschirm zu lösen. Die in der Mitte spitz zulaufenden Enden abgeschnitten, ein kreisrundes Loch mit dem Umfang meiner damals sehr schmalen Taille geschaffen und gesäumt – fertig war das Ballettröckchen. Ich fand mich todschick. Die ersten Übungen – Tanzhaltung und Grundpositionen – gelangen mir ganz gut. Als es dann aber an elegante Sprünge und Drehungen ging, wurde es schwierig, Ich war für mein Alter relativ groß und schmal, um nicht zu sagen, dürr. Dem entsprechend sahen meine Sprünge aus. Während die anderen Mädchen wie Gazellen leichtfüßig über das Parkett glitten, kam ich wie ein junges Zicklein daher gehopst. Kein Wunder, dass die Tanzlehrerin anderen Elevinnen den Vorzug bei den kleinen Auftritten gab, die wir für die stolzen Eltern probten. Meine Oma war enttäuscht. Ich auch. Und so endete meine Karriere als Primaballerina vorzeitig nach einem Jahr.

„Schade", sagte sie mit einem Lächeln im Gesicht.

„Kennen sie Gret Palucca?", fragte ich, denn ich hatte bemerkt, dass die Erwähnung des Namens sie hellhörig gemacht hatte.

„Ja," hauchte sie, von Hiddensee. Sie hatte dort ein Haus."

Ja, und sie ist auch auf dem dortigen Friedhof begraben, dachte ich. Aber die Erwähnung des Friedhofs erschien mir angesichts ihrer eigenen Situation als nicht geeignet.

Deshalb erzählte ich lieber von meinem Sohn und meinen zwei Enkeltöchtern, die mit ihren Partnern im Gesellschaftstanz aktiv sind und schon etliche Pokale nach Hause gebracht haben.

Sie war währenddessen ruhiger geworden und sogar etwas schläfrig. Ich ließ meine Hand noch einige Zeit auf ihrem Bein ruhen und schwieg. Als ihr die Augen zufielen, verließ ich leise das

Zimmer.

Nun ist sie tot. Sie hinterlässt eine Lücke. Auch bei mir. Ich bin dankbar, dass ich sie begleiten durfte.

Bibliografische Information der Deutschen Nationalbibliothe:
Die Deutsche Nationalbibliothek verzeichnet diese Publikation in der Deutschen Nationalbibliografie; detaillierte bibliografische Angaben sind im Internet über http/dnb.de abrufbar.
© 2023 Monika Genzow
Herstellung und Verlag: BoD - Books on Demand, Norderstedt

ISBN: 9783739207766